U0076035

YOUNG AGE小說鮮視界！
YA!
青春滿點！活力滿載！好看滿分！

未來都市NO.6 #9

淺野敦子—著
Izumi—圖　珂辰—譯

目錄

W
N
S
E
監獄
森林區
北區
農田
東區

NO. 6 平面圖
西區
垃圾處理場
特別關卡
下城
市政府大樓
（月亮的露珠）
森林公園
南區
住宅區
農田

人物介紹

紫苑

兩歲時被NO.6市政府認定「智能」屬於最高層次，便和母親火藍住在「克洛諾斯」裡，接受最完善的教育與生活照顧。十二歲生日那天，紫苑因為窩藏VC而被剝奪了所有的特殊權利，淪為公園的管理員。後來，紫苑在公園中發現因殺人寄生蜂而出現的屍體，竟因此被治安局誣陷為兇手，在千鈞一髮之際被老鼠所救。沒想到，紫苑的體內也遭到不明蜜蜂的寄生，差點命喪黃泉。熬過死亡大關的紫苑，所有的頭髮都變白了，身體上也出現一條纏繞全身、如紅蛇般的痕跡。

老鼠

真實姓名不詳，有著如老鼠般的灰眼珠。十二歲的時候因為不明原因，從外面被運送進NO.6裡，還被冠上「VC」——重大犯罪者的身分。受了槍傷的老鼠，逃進少年紫苑的房間裡，也開啟了兩人四年後重逢的緣分。當紫苑因為寄生蜂事件，被治安局誣陷為殺人兇手時，老鼠出手救了紫苑，並將他帶到自己居住的西區，還陪伴紫苑熬過了寄生蜂入侵體內的生死關頭。

沙布
兩歲時，智能被認定為最高層
次，在十歲之前是跟紫苑在同一
間教室學習的同學，一直到十六
歲仍跟紫苑來往密切。主修生理
學，已經被市政府選為交換留學
生，到其他都市去進修。
火藍
紫苑的母親，跟紫苑一起被趕出「克
洛諾斯」之後，在下城的某個角落，
開了一家手工麵包店。雖然是只有一
個展示櫃的小店面，但是從早到晚都
飄著麵包的香味，很多人因此被吸引
而來，生意滿好的。
力河
前《拉其公寓》（報紙名）的記者，
現在在西區以發行不良的黃色書刊
和為NO.6高官找樂子為業。曾經歷
過NO.6初創建的時期，並知道許多
不為人知的黑暗內幕。力河與紫苑
的母親火藍是舊識，年輕的時候曾
經非常喜歡火藍。

火藍&立克
老鼠家附近的孩子，是一對姊弟。
因為家裡非常貧窮，常常吃不飽，
而紫苑因為火藍與母親同名，所以
對她很有親切感，表示有空時願意
讀故事給火藍還有其他小孩子聽。
楊眠
小女孩莉莉的舅舅。外表上看起
來，他是一個身材瘦高、長相
平凡的中年男子，但其實對於
NO.6，內心藏有諸多不滿和憤
恨。在一個偶然的機會下，曾出
手救了紫苑的母親火藍一命。
借狗人
個子矮小，擁有一頭長到腰際的
黑髮，經營西區內一間殘破的舊
飯店，以出借狗給投宿的人取
暖為主業；因為聽得懂動物的語
言，所以也利用狗到處打探情
報，並將情報販賣給需要的人。

市長

市長有一對愛抖動的大耳朵，學生時代的綽號叫「大耳狐」。密謀未知的計畫，期望將以市長的身分來掌政的時代結束，改以君王的身分絕對掌管NO.6，統治這塊土地。

白衣男

長髮、戴著一副度數很深的近視眼鏡，終日從事瘋狂的人體實驗。與市長在學生時代為同學。和市長各懷鬼胎、相互利用，企圖掌控NO.6。

包圍「月亮的露珠」！

摧毀NO.6！

I 這雙眼所見

吾王，
我應當向您報告我這雙眼所見，
可是我卻不知道該如何說出口。
（《馬克白》／第五幕，第五景。）

落下。
幾乎是垂直往下落。
速度超乎紫苑的想像。
耳中聽見不可能聽得到的風聲。
那個暴風雨之夜的風聲。
二〇一三年九月七日，紫苑十二歲生日，這一天，颱風朝神聖都市NO.6直撲而來。

大雨打在地上，狂風呼嘯，庭院裡的樹木強烈搖晃著，帶著葉子的小樹枝被折斷了，飛舞在空中。那是近年來不曾見過的超大型颱風，可是當時住在「克洛諾斯」的居民，沒有一個人感到危險或不安，包括紫苑與母親火藍。

這裡是NO.6，集結人類的睿智與最新科技所創造出來的桃花源，而「克洛諾斯」更是其中環境最優的高級住宅，只有被選中的人才能住在這裡，大自然的災害根本無法動搖到這裡。

大家都如此深信，完全沒有懷疑。不允許懷疑。

那個暴風雨的夜晚，我打開了窗戶。

為了什麼？我偶爾會想。

我為什麼會打開窗戶呢？

是因為狂亂的大自然讓我興奮、帶給我刺激，在激動的情緒下所做出來的行為嗎？……沒錯，我是打開了窗，出聲吶喊，就像要將體內兇猛的物體一吐為快似的吶喊。我恐懼，似乎若不大聲尖叫，我就要粉身碎骨。我害怕，覺得自己被困在NO.6，被馴養著。

漠然的恐懼。也許是你不曾有過的感覺。
我無法呼吸，我好怕，好想吶喊。
所以，我才會開窗……嗎？
不。
不是的。
是你呼喚我。
你呼喚我，而我聽到了你的呼喚。
穿過風聲、衝破雨聲，你的聲音傳達過來。
你呼喚我，我聽見了你的呼喚。
所以我才開窗，向外敞開。
我張開雙臂，渴望你。
你會嘲笑我嗎？你會帶著露骨的嘲諷揶揄我嗎？還是以優雅的動作搖頭呢？
毫無意義的妄想。如同冒牌藝術家的作品，只不過是俗不可耐的自我意識下的產物。
你會如此嗤之以鼻嗎？

我想你會，應該會。

你笑吧！就算斷定那只是妄想也沒關係。

然而，那是事實。

你呼喚我，而我聽到了，於是我伸長雙臂抓住了你的手。我是為了與你相逢才開了窗。

那就是我們的真實，老鼠。

耳邊響起劇烈的聲音。

不是風呼嘯而過的聲音，是在塑膠管內滑落的聲音。如果這條管子並不是垃圾滑槽，而是通往地獄的陡坡……

意識忽地飄離。全身上下到處都是傷口，發熱、疼痛，力氣漸漸消失了。

如果是跟你一起掉落地獄，其實也不錯。那麼，或許就停止抵抗吧！掙扎、戰鬥以及對活下去的渴望，全都放棄吧！

如果就這麼失去意識，就能從這樣的疼痛和疲勞中逃離了。

紫苑閉上眼睛，黑暗在眼前擴散。

就這麼，就這麼……

「唔！」

老鼠發出輕微的呻吟聲。那聲音刺入紫苑的耳中，彷彿閃過夜空的閃電，驅散了意識裡的黑暗。

笨蛋！

紫苑緊咬下唇，弄痛了自己，發自內心地痛罵自己。

混蛋！我在想什麼？怎麼可以放棄！活下去，一定要活下去，我們有必須要活著回去的地方。

我發過誓，我對自己發過誓，一定要保護老鼠，一起活下去。

手好滑。老鼠的血沾附在我的手心。黑色小老鼠從口袋裡跳出來，跑在滑槽管壁上。不是掉落，確實是跑著。

月夜，拜託你了，你去告訴借狗人，告訴他，我們都還活著。

紫苑用雙腳撐著管壁，咬緊牙根，將全身的力量都集中在腳上。骨頭發出咯吱聲。掉落的速度減緩了。骨頭繼續咯吱作響，彷彿在發出哀號。

可惡，我才不認輸。

紫苑更加用力地咬緊下唇。沒有血的味道，舌頭早就對這種彷彿生鏽的味道麻痺了。

借狗人，借狗人，救救我們。

借狗人！

力河猛咳著。咳完之後又不停地急促呼吸。

「借狗人，無法再待下去了，已經是極限了。」

「什麼極限？」

「無法呼吸了啊！你想讓我窒息而死嗎？」

「讓你窒息死掉，我有什麼好處？有大筆遺產留給我嗎？我想如果你有東西留下來的話，大概也只有空酒瓶吧！」

「哼，我連一個空酒瓶都不留給你。」

雖然用著討人厭的口吻，力河卻絲毫沒有要逃走的樣子。他不斷將破舊的墊子搬到垃圾滑槽下方重疊著，每疊上一塊就猛咳，接著用力喘氣，然後說著惹人厭的話。

清掃管理室裡彌漫著煙，垃圾收集場當然也不例外，已經快被污濁的灰色濃

煙掩埋了。狗兒們趴在地上，靜靜地屏息著，連原本不停地相互鳴叫的小老鼠們也都靠在一起，動也不動。

極限，的確已接近極限了。

借狗人也被煙嗆到，幾乎呼吸不到空氣，心臟劇烈地跳動著。

好痛苦。

無法呼吸。

但是，這並非不幸，他也沒有絕望，反倒是心的一部分正鼓噪著、雀躍著。

這個煙是什麼？偶爾傳來的這陣熱風是什麼？變成呻吟聲傳來的騷動是什麼？是瓦解的明顯徵兆。

監獄正發出垂死前的哀號聲。

借狗人感到異常興奮，好幾次都差點吼叫出來。他的喉嚨震動著，好想發出狗吠聲。他曾一度張開嘴，然而只是吸進了煙霧，猛咳不已。

他一邊搬運著墊子，一邊不停地用舌頭舔嘴唇。無法吼叫，那麼至少可以舔嘴唇。

被認為是絕對的東西即將要瓦解了。

原以為絕不會改變而已經放棄的命運，開始轉動了。

怎麼會這樣？這就是人生嗎？老鼠、紫苑，如果這就是人生，那麼我從你們身上學到了什麼叫「活著」。不知道未來會有什麼事情發生，人類創造的東西沒有一樣是絕對的。

我不會感謝，因為你們把我騙得團團轉，所以就算撕裂我的嘴，我也絕不會向你們道謝。

可是，我會稱讚你們。老實說，我認為你們是不輸給狗的正常人類，我很佩服，你們兩個很不錯，我稍微對你們改觀了。

煙霧彌漫，刺激著眼睛、喉嚨和鼻孔。一道淚水滑落，被煙嗆的。

回來吧！你們不回來，我如何能稱讚你們呢？快、快，在我還能呼吸時，快回來。

借狗人！

呼喚聲。回頭。

力河蹲在地上，用白布摀住嘴巴，背部劇烈起伏著。

「你叫我？」

「……你說什麼……」

「你剛才有叫我嗎？」

「叫你……做什麼？想要死前的親吻嗎？……」

「拜託，就算是說笑也太噁心了。」

「我……早已經過了……噁心的程度了，我真的……已經不行了……」

「那還真可憐，節哀順變。不過你現在後悔自己曾做過的惡行也來不及了，就算再怎麼彌補，如此墮落的你也靠近不了天堂。」

「臭小子……都這種時候了，你的嘴巴還是這麼得理不饒人……」

傳來了爆炸聲，接著有煙霧流竄進來。斑紋狗抬起頭，眼中閃過膽怯，可是狗兒們還是動也不動，完全沒有要逃的樣子。

牠們在等待我的指示。

一邊對抗著死亡的恐懼，一邊等待著借狗人的命令。狗絕對不會捨棄主人，不會背叛主人。

不能殺了牠們。

「走！」

借狗人指著出口的門說：

「你們先逃。」

可是，狗兒們卻沒有要站起來的樣子，仍舊匍匐在地上，抬頭望著借狗人。

「怎麼了？我叫你們逃啊！快點，快從這裡出去。」

他與斑紋狗對上眼，一雙平靜的眼眸，剛才一閃而過的恐懼已經完全消失不見了。

「這樣啊……」

主人不走，你們也不走嗎？

「……不跟我說嗎？」

力河咳咳地不斷咳嗽。

「你不叫我……逃嗎？」

「你？你想逃就逃啊！反正你留在這裡也派不上用場。」

「借狗人。」

「幹嘛？」

「你……想死嗎？……」

「想死？我？為什麼？」

「那兩個人……紫苑跟伊夫回來的可能性……幾乎沒有。賭上微乎其微的機率……留在這裡……根本就是自殺……」

愚蠢。就算天地翻覆，我也不可能自殺，更何況接下來還可能看到非常有趣的表演。

監獄的崩塌才剛揭開序幕，現在不過是預告，接下來就是NO.6本身的瓦解了。NO.6即將崩解。

我可以親眼看到那一瞬間，你卻說我想死？開什麼玩笑，我一定會活著目睹NO.6走上絕路，一定會盡情欣賞這絕佳的表演。

呵呵呵！

耳邊響起輕快的笑聲。不，是耳朵裡面，腦袋裡面。

有人在笑。

輕鬆、愉快，但卻非常冷酷的笑聲。

「誰？」

下意識四處張望的視線瞄到了一閃而過的小小黑影。

蟲？

那個影子立刻被煙霧吞沒，不見了，連笑聲也消失了。

全都是幻覺嗎？蟲子不可能出現在如此煙霧彌漫的地方。

不寒而慄。

感覺毛骨悚然。

磯磯磯、磯磯。

吱吱吱！吱——！

突然，小老鼠們騷動起來，發出比剛才更高亢的聲音，開始在墊子上不停繞圈圈。

借狗人屏息以待。

一團黑色的塊狀物體從垃圾滑槽的洞口掉下來。不是塵埃，是黑色的小老鼠。

「月夜。」

借狗人試著呼喚名字。黑色小老鼠飛奔過來，朝著借狗人跳躍。牠跳上借狗人急忙伸出的手，激動地鳴叫著。

吱吱吱吱！吱吱吱吱！

是月夜，沒錯，是借狗人親自派去找老鼠的那隻小老鼠。借狗人的血液沸騰，全身都熱了起來。

「大叔，起來！」

「啥？」

蹲在地上的力河虛弱地眨眨眼。他的眼睛赤紅、臉被燻黑、頭髮雜亂，彷彿一口氣老了十歲。

「那兩個小子要回來了。」

「啥？」

「他們要回來了，壓住墊子。」

「喔，好。」

力河起身，動作敏捷到令人意外。

風呼嘯著。

幾乎就在借狗人跟力河壓住墊子的同時，傳來了非常沉重的撞擊力，墊子彈了起來，借狗人纖細的身體差點被彈出去。他用盡全身的力氣，牢牢抓住墊子。

他悄悄張開在下意識之下緊閉的眼眸。

看到了兩具重疊的身體。

「紫苑，伊夫！」

在借狗人出聲之前，力河已經先叫了起來。

「沒事吧？喂，還好嗎？」

「唔……」

紫苑的手動了動。白色的頭髮有一部分被血染紅了，肩膀和腳也都流著血。他的衣服到處又裂又破，拖在身上，處處可見黑色污點，可是無法分辨是血還是沾附到垃圾滑槽內的垃圾。

好慘。

借狗人瞠目結舌，吞下煙臭味的唾液。

簡直不成人形。

就連從墓地裡爬出來的屍體都沒這麼悽慘。

「……借狗人。」

紫苑撐起上半身，轉頭對著借狗人。他的臉頰上有幾道痕跡，不知是汗水還是淚水，清楚地刻印在臉上。

「紫苑，你還活著。」

你活著回來了。

「借狗人，救救老鼠……」

「老鼠？老鼠怎麼了？老鼠他……」

借狗人好不容易才忍住幾乎快脫口而出的悲鳴。

老鼠橫躺在墊子上，一動也不動。他的肩膀到胸前的衣服呈紫黑色，全身充斥著腥臭味。

「老鼠，喂，你怎麼了？」

借狗人提心吊膽地出聲呼喚，可是沒有反應，失去血色的臉龐上，只有嘴唇顯得鮮紅。

不像是人類的臉。原本他的五官就幾乎感覺不到人氣，這下完全變成了人偶，精巧、細緻的人工製品。

然而，人偶不會流血。

「快，送他去醫院。」

紫苑用盡所有的力氣叫著。

爆炸聲轟轟作響，整間房子都在搖晃。不知道從哪裡吹來一陣風，煙霧搖曳，稍微散去了一些。房子還在搖晃。

力河從紫苑手中將老鼠拉過來，扛在肩上。

「快逃，要塌了。」

「紫苑，你可以跑嗎？」

「可以。」

「好，快跑，我們要跑出去。」

又傳來一聲比剛才更劇烈的聲響，通往監獄的門被吹飛了。

「快跑，快跑，這裡已經撐不住了。」

力河扛起老鼠往外衝。月夜鑽進紫苑的口袋裡，另外兩隻小老鼠——哈姆雷特與克拉巴特則跳上狗背。

「快逃，可惡，快逃！」

傳來力河的咒罵聲。

背後好燙。

借狗人回頭望，他的眼中倒映著火焰。被吹飛的門的另一頭，監獄正被大火吞噬。

門被吹飛了？

監獄與清掃管理室之間的門是特殊合金，甚至連小型飛彈都無法炸開……不是嗎？那道門如此簡單就能破壞嗎？

在那一瞬間，借狗人驚訝無言。

火焰蠢蠢欲動，火色的魔物蠕動著，一邊蠕動，一邊吞噬掉躺在地板上的黑狗屍體——那隻為了保護借狗人而被射殺的狗。借狗人連讓牠入土為安都做不到。

對不起。

「借狗人，快點！」

紫苑抓住他的手。

「逃、快逃、我們要逃出去。」

力河不斷嚷嚷著，似乎藉由叫嚷轉換得來的能量往前走。背後是煙霧與熱風，借狗人就這麼被推出外頭。新鮮的空氣流入了體內。

啊啊，終於能呼吸了。

「還不行，這裡還不行，快跑。」

紫苑的手指加強力道，拉扯著借狗人的手臂。腳下的小石頭發出沙沙的聲音。

「痛！紫苑，會痛耶，放手！」

借狗人驀地噤口，因為他對上了紫苑的眼睛。

帶著紫色的黑色眼眸跟以前一樣，完全沒變。雖然雙眼赤紅，眼瞼浮腫，不過真真實實是紫苑的眼睛。

可是，借狗人閉上了嘴巴，全身僵硬。不知道為什麼，現在站在他眼前、命令他「快跑」的少年彷彿像一個陌生人，借狗人不認識的某個人。

不對，這不是紫苑的眼睛。

紫苑，你怎麼了？

困惑與異樣感瞬間消失。的確，現在還不是癱軟的時候，本能發出了警告，那是比最新式的警報裝置還要可靠的肉身感覺。

快點！趕快跑！快逃！

借狗人跳了起來，拚命往前跑。背後，怪物的吼叫聲不斷逼近。沒錯，那不是單純的爆炸聲，那是怪物在怒吼著，瘋狂地咆哮著。

快點！趕快跑！快逃！

逃出去活下來！

月夜從口袋裡探出頭來，依靠在紫苑的脖子旁，牠盡全力張開小小、圓圓的眼睛，凝視著借狗人。

真可愛。

狗的眼睛也跟小老鼠的眼睛一樣，純粹而惹人憐愛。借狗人想起了小紫苑，他時刻都惦記著小紫苑，只是因為不能想起他，所以把他收藏在心的角落。

純粹無瑕的存在，雖然年幼，卻如此豐富。

狗狗們應該有好好照顧小紫苑吧！借狗人把他託付給生過好幾次小狗的母狗，還交代幾隻性情溫和的母狗陪伴在旁，他應該能在奶媽的溫柔守護下安眠。

「小紫苑，我的孩子。」

正當他這麼喃喃自語時，跑在前頭的力河消失了，傳來吶喊與人的身體倒下的聲音。

「唔！」

紫苑絆到了橫跌在地的力河，也跟著跌倒，而借狗人的腳又勾到紫苑，也用力摔倒在地，疼痛震動到身體內部。

痛到發不出聲音來，借狗人趴在地上，只能不停喘息著。大地的冰冷透過臉頰傳過來，好舒服。不是寒冬裡的那種冰冷，而是帶著些許暖意與溫柔的冰冷。

春天要來了。

遲來的春天即將造訪西區。

NO.6應該有百花盛開的公園，櫻花行道樹大概也整理得很完善，可是西區幾乎看不到開花的樹木。話雖如此，路旁的雜草每年仍舊生氣勃勃地綻放著花朵。借狗人雖然對不能吃的花沒什麼興趣，不過偶爾仍會突然覺得感動。

啊，這個冬天也活過來了。他如此感慨著，同時腦海裡會浮現在那個冬天凍死的人們——與自己友好的乞討婆婆、在廢墟裡住了好久的男人、瘦弱到連年齡都看不出來的女人，他們的臉龐出現，隨即又在剎那間消失。

春天要來了。

今年春天，路旁的野花也會盛開嗎？

「老鼠。」

紫苑呻吟著。他挺起身，匍匐著靠近老鼠。

「老鼠，老鼠，聽得到嗎？老鼠。」

借狗人也挺起身。那是灌木叢的陰暗處。他們躲在這裡目擊月藥被射殺，是什麼時候的事情呢？

不過是幾分鐘前的事情，感覺也像遙遠的千年前發生的事。

「老鼠，睜開眼睛，我們要出去了，要從這裡逃出去了。」

紫苑的聲音彷彿吹過廢墟的風。

好悲傷，讓聽者的耳朵與心都結上了冰。

借狗人越過紫苑的肩膀探視老鼠的臉，不禁緊咬下唇。

死了嗎？

這句話差點撬開嘴唇溢出來。

紫苑，老鼠死了嗎？又或者這也是演戲？這小子在演哪一齣？是馬克白、哈姆雷特這些你老掛在嘴邊，讓我根本摸不著頭緒的人物嗎？

喂，紫苑，老鼠該不會真的……

「唔。」

老鼠的睫毛微微震動。

「還活著！」

紫苑將老鼠抱在懷裡，吶喊著：

「他還活著，快送他去醫院！」

是啊，還活著，我才不會被你騙，老鼠，你才不可能那麼簡單就被打倒。

「大叔。」

借狗人開口叫蹲在地上的力河。力河的車停在樹叢另一頭，雖然是一輛幾乎要報廢的爛車，不過還是能載人行走，實際上他們也是開那台汽油車來這裡的。

「大叔，快點。」

「……我知道，可是……」

力河摀住嘴巴，頭伸進了樹叢裡，立刻傳來嘔吐聲。

「笨蛋，現在是嘔吐的時候嗎？快點啦，喂！」

借狗人拉著力河褲子上的皮帶，將他從樹叢裡拉出來。彷彿是暗號似的，從監獄窗戶噴出更巨大的火焰，照亮了四周。黑煙匯集成一股龐大的煙霧朝天空攀升，籠罩住滿天星斗。

從NO.6也看得到這道火焰嗎？西區的居民們以怎樣的心思望著黑夜裡燃燒的火焰呢？

看吧！即將瓦解了。

對我們而言等於是地獄的這個地方即將崩塌，比我們的露天市集還容易就被消滅。

力河腳步踉蹌地站起來。他用手背擦了擦嘴角，順道拭去額頭的汗水。

「為什麼我……要遇到這種事？真是的，我……」

「別發牢騷了，沒人想聽。要抱怨之前，先快點開車吧！」

「要開到哪裡去？」

力河怒吼。

「啊？你說啊！借狗人，瀕死的傷患要送到哪裡去？說啊，你說啊，你回答我啊！如果你能回答得出來，就算天邊我都幫你送去。」

借狗人低頭，沉默不語。

他回答不出來。

並不是被力河怒氣沖沖的氣勢壓倒，而是真的想不出來。「送往醫院——」紫苑這麼說，可是西區沒有任何一間醫療設施。是有詭異的法師、可疑的藥局之類的地方，但是在「真人狩獵」的時候，連店整個都被吹飛了。不過，縱使沒有被吹

飛掉，也派不上任何用場。

「要醫治流了這麼多血的傷患，必須要有某種程度的醫療設備，你在哪裡看過那種東西？完全沒有，不是嗎？找遍了整個西區也找不到一支針筒。借狗人，你不是最清楚這種事嗎？」

力河滔滔不絕地說著。借狗人俯視著老鼠，他的嘴唇微敞，呼吸著。可是……

只能到這裡嗎？

他的雙腳失去了力量，幾乎癱軟在地。

只能到這裡了，老鼠，我們已經無法再做什麼了。

「有。」

紫苑站了起來。

「如果是醫院，有。」

借狗人跟力河面面相覷，互相凝視對方的眼睛。

「醫院……在哪裡？」

力河用非常沙啞的聲音問。紫苑的目光轉向一旁，視線前方是被火焰照耀得十分明亮的特殊合金牆壁。

「在那裡面。」

「NO.6！」

借狗人跟力河同時說。

「沒錯，那裡面有好幾家醫院。」

「開什麼玩笑，怎麼進去？我的車子不可能通過關卡。別說通過了，在幾公尺前就會被當作可疑物體炸掉。沒辦法，絕對沒辦法。對了！我說紫苑，你是怎麼從NO.6逃出來的？能不能循著那條路線回去？」

是啊。借狗人也附和。

能夠出來，也許也能進去。這位大叔少了酒精，似乎腦筋就動得頗快嘛！

然而紫苑堅定地搖頭，說：

「那行不通，要花太多時間，而且老鼠的體力也無法負荷。再……一小時，一小時以內不送他上醫院的話……」

「可是要如何突破關卡？」

「我認為不需要突破。」

「你說什麼？」

「監獄崩毀了，所有機能都處於停擺狀態，如此一來，關卡沒有運作的可能性也很大。」

「你打算走監獄專用的關卡進入NO.6嗎？」

「沒錯。」

「紫苑你……你是知道監獄的關卡在哪裡，所以才這麼講的嗎？」

「我不知道正確位置，只聽說直通監獄。」

力河的喉結動了動，吞了口口水。借狗人也做了相同的動作，被煙燻過的喉嚨深處好痛。

「沒錯。」

力河的聲音更加沙啞了。

「你說得一點也沒錯，幾乎是直通監獄。穿過關卡約一百公尺前方就是監獄的後門，也就是『真人狩獵』時，你們被送進去的地方。當時你們被塞在卡車的貨櫃裡，應該什麼都沒看到。」

聽著紫苑與力河的對話，借狗人不知不覺地握緊拳頭。

月藥也是從那道關卡進出，借狗人曾多次聽他感嘆地說：「我跟囚犯的待遇相同。」

「囚犯被捕就是死路一條，再也沒機會通過關卡，可是你每天來回，而且還領薪水，跟囚犯明顯不同，不是嗎？」

借狗人半敷衍地這麼回答。

「嗯，你這麼說也是，如果跟囚犯一樣，那不就無法回家了？」

月藥聳聳肩，臉上浮現苦笑。

可是，到最後還不是一樣？跟囚犯，不，是跟一條小蟲一樣，三兩下就被射殺身亡。

眼前浮現月藥苦笑的表情。借狗人更用力緊握拳頭。

「那從這裡可以開車進關卡囉？」

「從沒有障礙物這點來看是可以，因為西區沒有腦袋有問題、想接近監獄的人。除了你們之外。」

「力河大叔，請借我車。」

紫苑伸出傷痕累累又血跡斑斑的手。力河的眉頭很明顯地皺了起來，眉間擠

滿深深的皺紋。

「你打算做什麼？」

「我開車，你們留下。快給我鑰匙。」

「開什麼玩笑！」

力河再度怒吼。

「你眼睛瞎了嗎？沒看見那片火焰嗎？混帳！」

監獄正冒著黑煙，搖搖欲墜。剛才聽來尖銳的警報聲不知何時已經停了，只剩下環繞在火焰周圍的風聲驚心動魄。

「好不容易才逃離了監獄，你現在還要回去？別開玩笑了，你以為你是九命怪貓嗎？」

「我沒有要進去，關卡在外面。」

「只有幾百公尺，只相距幾百公尺而已，不可能只有關卡那邊平安無事。」

「所以我才要去。平常無法通過的關卡，在今天也只不過是尋常的出入口。」

「我的可是石油車，衝進火場裡也許會引爆……」

「給我。」

紫苑打斷了力河的叫嚷，低聲命令著。

命令。沒錯，那是一句命令。並不是大喝一聲，也沒有激動吶喊，而是平靜、沉重的一句命令。

力河後退半步。

「鑰匙給我。」

無庸置疑的統治者的命令。

力河把手伸進口袋裡摸索，拿出了老舊的銀色鑰匙圈。他的指尖發著抖。

「……別這樣。」

出現了一個比紫苑更低沉、彷彿從地底下湧現的聲音。借狗人打起寒顫。

老鼠緩緩挺起身，說：

「算了，別這樣。」

清清楚楚的聲音。

是老鼠的聲音。老鼠的聲音千變萬化，可是現在借狗人耳朵裡聽見的，絕對是他最真實的聲音。

「別再……靠近了，紫苑。」

紫苑並沒有回答。他甚至沒有看老鼠，只是朝著力河低頭說：

「力河大叔，拜託你，請把鑰匙給我，求求你。」

並不是命令，而是懇求。

這才是力河熟悉的紫苑，聰明、溫柔、死心眼、少根筋、笨手笨腳的紫苑。

「給他吧！大叔。」

借狗人深深嘆息。他也不知道自己為何嘆息。一切都是一團迷霧，他連自己的事都掌握不了。

「紫苑，我也一起去。」

話隨著嘆息而出。

驚訝。

看，就是這樣。我是這麼愛惜生命，為了活下去不擇手段，卻說出「我也一起去」這種話，真不敢相信。而且這還不是謊言，也不是逞強，是我的真心話，我發自內心說出「我也一起去」。到底是哪根筋不對勁了，真是的。我真不明白自己，怎麼回事？怎麼回事？究竟是怎麼回事？可惡！

「好。」

力河咋舌。

「如果你們真想那麼做，那就隨你們便，反正你們也不是會老實聽老人言的孩子。」

「別把我跟這個少根筋的少爺混為一談。算了，這下二對一，NO.6兜風之行確定成行，抱歉囉！老鼠。」

「是三對一。」

力河握緊了車鑰匙。

「我也一起去兜風。」

借狗人眨眨眼，望著力河。

這個全身沾滿了煤炭、泥土和血跡而髒兮兮的男人，眼睛也不斷眨著。

我是怎麼回事？為什麼會說出這種話？而且還是發自內心。

臉上是這樣的表情。

借狗人想哭又想笑。

實在是太奇怪的心情了。

恐懼卻又覺得爽快，絕望卻又感到興奮。

人心真是奇怪。

「那可是我重要的車子，要是你們開一開就丟在路旁，那可不行，而且你們這些小鬼怎麼可能會開車？真是的，現在的年輕人做事不實在，嘴巴倒是很厲害。」

力河叨叨絮絮地抱怨著。因為他若不說點什麼，大概會嘆氣吧！

力河的車子是小型客貨兩用車，到處都有凹陷，右邊的後照鏡還撞歪了，是那種若在ＮＯ．６，就算放進博物館陳列也不奇怪的舊式石油車。

不過，車子很堅固，引擎的馬力也比看起來強。在西區，有車子可以開算是某種程度有錢人的證明。開車時遭強盜襲擊的危險性不高，但還是有可能，因為這個緣故，力河將車子改裝成像坦克車一樣堅固。借狗人曾聽力河這麼炫耀過。

借狗人坐上副駕駛座，紫苑則抱著老鼠坐在後座，最後連狗群都上車了。

「為什麼連狗都上來了？會有狗騷味耶！」

「比酒氣沖天好多了。我的狗都很忠心，我去哪裡牠們都會追隨，就像這些小老鼠們忠於主人一樣。」

小老鼠們全都縮在一起，坐在座位上，彷彿忘了如何鳴叫般地沉默著。

「又是狗，又是小老鼠？那我們的目的地就是動物園了。呵，一定會是一趟愉快的兜風。」

力河發動車子，引擎傳出「噗噗」的滑稽聲音，車身震動著。

「出發了，我油門會踩到底，全速前進，你們自己看著辦。」

車子突然衝出去，就這麼加著油往監獄筆直地衝過去。

「喂喂，大叔，你豁出去了嗎？」

「要是沒有豁出去，做得出這種事來嗎？可惡，為什麼會變成這樣？我為什麼要做這種事！」

「因為你愛上伊夫了。」

「你說什麼？」

監獄的後門敞開著，應該有人從這裡逃走吧！平常門禁森嚴不准任何人靠近的門，今天卻無防備地敞開著。門的後方大火彌漫，不斷響起建築物崩塌的聲音，簡直就像是幻影，不可思議的風景。

這真的是現實嗎？

監獄的門開著，特殊合金的外門已經被炸開了。

不可能發生的事情發生了。相信不可能會發生，不，是被洗腦的事情被推翻

了。沒有善也沒有惡，沒有正義也沒有不正義。

這就是現實。

車子貼著後門轉彎，繼續加速，前方就是關卡了。

「什麼？借狗人，你剛才說什麼？」

「大叔，你不是很愛伊夫嗎？說實話，你現在還是很狂熱的粉絲吧？瘋狂迷戀著他。如果不是，你才不會扛著他衝出來。拚了命地奔跑，真是讚。」

「開什麼玩笑！要是找到了醫療設施，我一定先把你的嘴巴給縫起來，還有你爛掉的舌頭。」

「那還真不錯，能在NO.6的醫療設施治療，簡直是無上光榮。」

「隨你愛怎麼胡說八道！」

力河握緊方向盤。

借狗人睜大了雙眼，全身縮成一團。關卡以猛烈的速度靠近——不，是他們在朝關卡前進。

「燒起來了。」

借狗人喃喃自語著。

明明下定決心不說出口的，明明壓抑著不將眼前所見訴諸言語，可是到最後……

關卡在燃燒。

被火焰包圍著。雖然沒監獄那麼嚴重，但還是不時有小型爆炸聲傳來。玻璃和金屬碎片毫不留情地撞上車體，每撞一下，車子就響起波、波，令人毛骨悚然的聲音，哀號的聲音。

我好痛、我好怕、我會死。

「燒起來了。」

一旦說出口，全身便籠罩著恐懼，彷彿寒毛倒豎的感覺。可是，有一個疑問鑽過不斷襲來的恐懼，盤據在借狗人的腦海中不肯離去。

為什麼會輕而易舉就崩塌到這種地步？

他知道紫苑跟老鼠破壞了整個監獄的中樞，他非常佩服他們。

不過，太奇怪了，這也太簡單了吧？有這麼脆弱嗎？這麼容易就崩毀嗎？他現在已經不覺得NO.6是絕對的存在，是萬能的統治者了。NO.6就跟那道特殊合金的門一樣，扭曲、毀壞，變得慘不忍睹。

可是，可是，NO．6還是NO．6啊！是集合了人類睿智與科學技術之最的人工都市，不是嗎？監獄是在暗地裡支援這個都市的另一個NO．6，不，算是NO．6的私生子，跟父母長得很像的邪惡私生子。

邪惡者擁有邪惡的力量。

難道不能想辦法停止嗎？

就這麼無計可施地被毀掉嗎？

呵呵呵。

又聽到了。

那個輕快，可是卻很恐怖的笑聲。

比眼前的火焰還要更讓人不寒而慄。

借狗人發出悲鳴聲，幾乎在同一瞬間，力河也大聲尖叫——因為眼前即將面臨的恐懼。

「哇啊啊啊啊啊！」

車子往大火蔓延的牆壁撞去。

狗群激烈地吠叫著。

借狗人並沒有閉上眼睛，他瞪大眼睛，看著即將吞噬他們的大火。火焰並不是單一顏色，混雜著夕陽的紅、鮮血的紅、花朵的紅，發出金色的光芒，消失於深紅色。

一部分的擋風玻璃碎了，熱風不斷灌進來。頭髮發出焦臭味，熱氣蒸發了所有水分，物體不斷地萎縮。

啊，要死在這裡嗎？

原來……借狗人心想。

原來到最後要跟這些傢伙一起死嗎？到最後……

「愛莉烏莉亞斯。」

後座傳來聲音，分辨不出是紫苑的還是老鼠的聲音，意思也不明。是咒語嗎？做為生命即將結束前的一聲，實在奇妙。不過這兩個小子原本就很奇妙、怪異又讓人意想不到，如今也沒什麼好驚訝的，只不過……有些好奇。

愛莉烏莉亞斯？那是什麼？

頭髮燒焦、皮膚發燙，好熱。

可惡，好熱。

火焰搖擺。搖著搖著，慢慢遠離，熱度漸漸散去，稍微可以喘息了。

啊？為什麼？

借狗人眨了眨眼。

火焰出於自己的意識後退？

怎麼會？不可能。再怎麼樣也不可能。

「穿過來了！」

力河大笑，發狂似的不斷笑著。

「過來了，如何？可惡。平安通過了。哇哈！哇哈！哇哈哈哈！厲害吧！過來了喔！哇哈哈哈哈！」

僵硬的笑聲迴盪在車內。

哇哈哈哈哈！哇哈哈哈哈！哇哈哈哈哈！

穿過來了，沒錯，是穿過來了。

四周彷彿草木稀疏的荒蕪之地，跟西區沒什麼兩樣的風景。不過這塊荒地有筆直延伸的雙線道車道，車道前方還有綠意盎然的廣大森林。雖然在光線不明之下只看得到一團黑，不過借狗人的嗅覺聞到了森林濃郁的氣味。

完善的車道、綠意盎然的森林，這些在西區絕對看不到。

進入NO.6內部了。

生平第一次進來。

「如何？我很厲害吧？哇哈哈哈哈！不愧是力河大人，勇敢的英雄。哇哈哈哈哈！我做到了，誰還能瞧不起我？力河大人，萬萬歲，哇哈哈哈！」

力河的笑聲更加僵硬、尖銳。借狗人拿起滾落在腳邊的酒瓶戳了戳力河的頭。

「好痛，你做什麼？」

「我已經手下留情了，又沒把你的腦袋敲破。」

「混蛋，你居然敢這麼對待英雄。」

「我是在幫你穩定歇斯底里的發作。真是的，太難看了，大叔。我的狗跟小老鼠還比你冷靜。你算哪門子英雄？自暴自棄到最後居然開車衝進火場，啊啊，真是丟臉。」

「囉嗦，狗跟老鼠會開車嗎？會的話叫牠們來開啊！淨說一些瞎話。」

盡情怒吼之後，力河用力吐了口氣，說：

「紫苑，接下來該怎麼辦？我對NO.6內側完全不了解，再怎麼說，我也幾十年沒進來了。」

傳來紫苑微微轉身的跡象，他回答說：

「這裡接近下城，那片森林的另一頭就是NO.6的老街，再過去就是中央區的街道，森林是用來掩飾牆壁的，不讓市民看到。」

「對。」

「原來如此，就算沒有意識到自己被牆壁包圍起來，還是能生存下去，是嗎？」

「醫療設施呢？該往哪裡走？」

「請筆直穿過森林，到時候會看到三叉路，在那裡右轉，應該有一家小醫院。」

「去那裡有用嗎？伊夫那小子的傷應該很嚴重吧？」

「他被來福槍的子彈貫穿了。」

「那麼，如果不是有一定設備的醫療設施，應該很難醫治吧？」

「或許，但那家醫院是距離最近的一家醫療設施，也有外科。設備完善的醫院只有中央區才有，可是我們沒時間去那裡，而且開著這輛車，很可能會遇上臨檢。愈接近中央區，臨檢就更嚴格。還有，幾乎所有醫療機關都必須持有市民ID卡才能進去。」

「你沒有，對嗎？」

「我丟了。」

紫苑吸了一口氣，暫停一下，接著繼續說：

「就算我沒丟，那張卡也派不上用場，下城居民幾乎都無法進入中央的設施。」

「無法進入？」

「對。依照ＩＤ卡的種類，也就是依照市民的身分，能夠使用的設施、居住場所和交通工具都不一樣。不光是醫療，就連日常的購物和娛樂，下城的居民都無法使用中央的設施。設備愈是高級的場所，能夠進去的人就愈少了。」

「貫徹到這種地步嗎？當然，我也有所耳聞，因為我都跟ＮＯ．６的高官做生意，所以對於都市內部盤旋著原因不明的不安與不滿之事，以及出現金字塔分級一事，我也有所感覺。可是，居然實施那種封建時代的規定……實在超乎我的想像，很驚訝。」

「高官是身處接近金字塔頂端的菁英，看不見底部的風景。」

借狗人吸吸鼻子。

力河說得沒錯。驚訝——不，應該說是目瞪口呆，目瞪口呆到只能發出呻吟。

ＮＯ．６這個都市不僅用牆壁隔開內外，甚至在內部也細分差異，區分人種嗎？富人與窮人，有天賦者跟平庸者，優秀者與劣等者，強者與弱者，劃出許多原本人與人之間不存在的線，進行區分。

這樣的系統有什麼存在的必要？為了誰而必要呢？

運氣不好就死路一條，運氣好就苟延殘喘。

西區的線只有一條，算是好運還是不好運？

「現在要去的醫院不需要那張什麼ＩＤ卡嗎？」

「需要。在ＮＯ．６裡面，沒有不需要ＩＤ卡的地方。」

「那……」

「那家醫院的醫生是家母店裡的常客。」

「火藍的？店是……麵包店，對吧？」

「對。他以前一個禮拜會來買一、兩次中午吃的麵包。」

「叫什麼名字？」

「這……我不知道，我們都叫他『醫生』，這樣就夠用了。」

「連名字都不知道？喂，那名醫生信得過嗎？他夠博愛，願意接受沒有ＩＤ

卡的病患，連不是NO.6的居民都願意替他治療嗎？」

「我不知道，可是現在只能求助於他。」

力河沉默了。

沒有選擇的餘地。

也沒有迷惘、躊躇的時間。

愈靠近森林，豐饒的綠意與土地的泥土香就愈濃郁。在這片森林的阻隔下，NO.6那頭是不是看不到正熊熊燃燒的監獄呢？

真冷靜。

紫苑。

紫苑講話沉著冷靜，不慌不忙，平常的紫苑……並不是這樣。如果是平常的他，他應該更猶豫、困惑，想盡辦法與自己的內心對抗。

壓抑了所有的情感，冷靜應對——他何時學會了這樣呢？彷彿泡水的布漸漸褪了色一般，紫苑的某個地方也變質了嗎？

借狗人舔舔自己的手背，起水泡了。

他不敢回頭，要是回頭，就會看到全身是血的老鼠以及無法捉摸的紫苑，雖然知道是自己的幻想，但還是恐懼。他的後頸僵硬，感覺就要痙攣。

不會變。

借狗人舔著水泡，在內心不斷重複著：

紫苑還是紫苑，不可能改變。就像我就是我一樣，我絕對不會改變，不可能改變。

車子駛進了森林裡。

「啊！」

紫苑輕聲叫了一下。

「天空……燃燒著。」

力河也發出低沉的叫聲，探出身子。車子蛇行，差點撞上設置在樹木間的街燈。

天空燃燒著。

夜更深沉的天空染上了火焰的顏色。不單是監獄，連NO.6都在噴火，市區到處都被火焰包圍了。

怎麼回事？

借狗人半張著嘴，回頭說：

「喂，出事了。」

紫苑彷彿凍僵似的呆坐著，抱著老鼠瞪大眼睛坐著，只有嘴唇微微蠕動說：

「……燃燒著。」

遠方傳來了有東西爆炸的聲音。

不是從前方，是從後面，他們剛才逃脫過來的方向。

「是關卡。」

借狗人啞口無言，說不出話來，只是緊閉雙唇，瞠目結舌。

有事要發生了。

不是興奮也不是期待，更不是恐懼，而是一種難以言喻的情緒在內心裡翻騰。

紫苑說：

「我們要穿過森林了，下城就在前方。」

2 只有一次

懦弱者在死之前會經歷多次死亡經驗。然而勇者卻只有一次。世上有許多不可思議之事，其中之最就是恐懼死亡。沒有人能夠免於一死，終有一天一定要面對，不過如此罷了。

（《凱撒大帝》／第二幕，第二場。）

路上擠滿了人。

幾百、幾千人朝著相同方向前進，彷彿大河的流水。不，大河的流水和緩、蜿蜒，不會帶有如此殺氣，不會這麼激動。

火藍背靠著牆，眺望著人群。馬路旁儉樸的每一戶房子都緊閉著門窗，漆黑一片。

住戶們是躲在家裡不出聲呢？還是跟隨著這股人潮呢？

背後傳來房子裡沒有人氣的冰冷觸感。

「走，去『月亮的露珠』。」

「我們也有生存的權利。」

「叫市長出來，為什麼拿槍對著市民？」

「不可原諒！」

火藍聽得到的只有這些，剩下的就是怒吼聲、喧嚷聲和呼應聲，混雜、扭曲而纏繞著，響徹雲霄。

那個聲音的能量很驚人，有一種彷彿身體都要飄浮起來的感覺襲來。火藍踏穩腳步，背部更加貼緊牆壁。彷彿不這麼做，她也會被捲入人潮中、捲入漩渦中，身心都被帶走。

「啊！」

突然，傳來一聲特別高亢的哀號，非常突然。這叫嚷聲穿破喧囂，刺入火藍的耳中。

在火藍的斜前方，有一名微胖的男子摀著脖子橫倒在地。剎那間，人們的喧嘩聲停了。

「救、救命……救命、誰來……救救我。」

男子站起來，走了幾步，腳步踉蹌，接著再度倒地。他的頭髮在轉眼間變白，身體不斷萎縮，已經不動了。

「又一個了，又出現一個犧牲者。」

「下次就輪到我們了。」

「趕緊想辦法，快，趕緊想辦法。」

喧嚷聲撼動了空氣，人們再度開始往前走。沒有人想到要將已倒地氣絕的男子抱到人潮外，一個個都跨過他、踩過他或是避過他，一步步往前邁進。

還是早春，雖然夜晚天氣寒冷，可是每個人都流著汗。

火藍也感覺到汗水流過臉頰，喉嚨乾渴到不行。不知道是不是要貧血了，手腳的感覺遲鈍，意識漸漸不明。她用力咬著嘴唇。

得回家才行，莉莉她們在等。

火藍背靠著牆，往自己的店移動，逆著人潮前進的方向走。

店裡一片漆黑。她往小路走，繞到後門。有淡淡的燈光，那個房間是倉庫兼紫苑的臥室。為了隨時都能迎接紫苑回家，火藍每天一定打掃。

那個房間開著燈。

呼。她長長吐出了一口氣，連自己也很驚訝。不可能是因為聽到她呼氣的聲音，不過，倉庫的門微微開了，一張白皙的小臉探了出來，小心翼翼地看看四周。

「莉莉。」

「阿姨！」

莉莉跑過來。

「阿姨，是妳，太好了！我、我呢，就覺得是阿姨在外面，我真的知道喔！」

火藍緊緊抱著莉莉，年幼孩童的柔軟與溫暖讓她差點哭了出來。

「紅科阿姨還好嗎？」

「嗯……」

「她哭了嗎？」

「嗯。」

她送兒子被射殺的那名母親回家。在兒子的遺體旁，紅科眼神呆滯，坐著不動，似乎連哭泣都忘了。

無論怎麼安慰都沒有意義。

要是紫苑遭遇到相同的事……

光想就覺得心好痛。紅科的絕望赤裸裸地傳達過來，所以她找不到任何可以安慰的話。

「紅科阿姨的笑聲很大聲，她很愛笑。」

「是啊。」

「她還會笑嗎？笑得出來嗎？」

莉莉的臉色黯淡。火藍無法回答。人如何從失去最愛的絕望中再度站起來呢？

她悄悄摀住胸前的口袋。

裡面有三封信，雖然只是紫苑跟那個名叫「老鼠」的少年送來的，說是信也未免太簡短的潦草便條紙。

媽，對不起。我還活著。

紫苑沒事，請安心，他已逃到西區，請注意當局的監視網，回信交給這隻老鼠。若他平安，是褐色老鼠；若他出事，會以黑色老鼠告知。老鼠

必再相見。　老鼠

這些信給了她莫大的支持，她就是憑藉著這些信的支持活過來的。

紅科今後要靠什麼活下去呢？

她不知道。

她無法回答莉莉的問題。

「阿姨？」

莉莉抬頭。火藍點點頭，含蓄地微笑著。

抱歉，莉莉，阿姨比莉莉多活了好幾倍的時間，卻無法回答妳的問題。

房間裡傳來細微的聲音。

「莉莉，戀香呢？媽媽呢？」

「媽媽在看電腦，上面有舅舅。」

「楊眠？」

火藍跟莉莉牽著手一起走進去，關門並上了鎖。

房間同時也是倉庫，因此堆著麵粉、砂糖和葡萄乾等的袋子，還有蜂蜜、果醬的瓶子。

最後面的一角有紫苑的床，床旁邊有一張老舊的書桌，那是紫苑的書桌，抽屜裡還擺著紫苑寫到一半、原本要交的報告。

戀香趴在書桌上，盯著舊式電腦的螢幕看。

「戀香。」

聽到火藍的叫聲，她微微顫抖了一下，轉過頭來。昏暗的照明下，出現一張蒼白的臉。

「火藍……」

「戀香，怎麼了？發生什麼事了？」

「火藍，哥哥他……」

戀香動作有些笨拙地起身。

「妳看。」她指著電腦螢幕說。

螢幕上出現了楊眠，他握緊雙拳高舉著，表情非常恐怖。那的確是楊眠，卻像是另一個人。

「現在正是我們站出來的時候，如果現在不站出來、不破壞一切，我們將會一輩子都是奴隸。沒錯，就是奴隸。各位應該已經察覺到了吧？這個都市，NO.6充滿著欺瞞，而我們遭受了多麼不合理的虐待與壓榨。從以前就是這樣，一直以來都是這樣。各位，這個都市的歷史是由相當驚人的血腥堆積起來的。到底有多少生命因為對當局有異議、因為反對當局、因為對抗當局而喪命呢？我現在就告訴各位，全都公諸於世。各位，請看這個。」

楊眠朝著背後的牆壁揮手。

那裡放映出各式各樣的臉龐。

年輕人、老年人、少年、少女，連嬰兒都有。穿著婚紗的女孩、身強體壯的勞工、深思熟慮的老紳士、面露微笑的老婆婆、沉睡的嬰兒、笑著奔跑而去的女學生、低著頭的中年婦女、掛著聽診器的年輕醫生……許許多多的臉龐。

火藍的心臟劇烈跳動。

怦、怦、怦。

裡面有紫苑。

他正面朝前，臉上帶著淡淡苦笑。那是搬來下城後的第一個生日，火藍替他拍的照片——

「不要啦！都幾歲了。」

「有什麼關係？只是紀念而已。」

「我不想在外面拍。」

「哎呀，原來你這麼害羞啊！」

——他們一邊說著這樣的對話，一邊拍的照片。

「我想知道妳兒子是怎樣的少年，能不能告訴我他的模樣？」

——在楊眠的請求下，火藍拿給他看的一張照片。是什麼時候被他納入檔案了呢？

「請看看這些人。他們都是被治安局職員抓走而再也回不來的人，被NO.6殺害的人。在各位不知道的時候，當局一個接一個地抹殺掉對他們不利的人。各位不曉得吧？沒錯，你們什麼也不知道。可是我並不會責怪你們，因為你們已經知道了，已經得知了NO.6的真面目，看穿了市府當局與市長的真面目。今後該怎麼辦？這才是我們目前的問題。

「各位，我說的並不是過去的事，而是現在、此刻。現在這個時候，也有市

民死亡，而且死狀悽慘。可怕的疾病即將在都市內蔓延，已經有許多的市民，善良且無罪的市民罹難，可是市府當局卻沒有任何應變措施。他們自己施打有效的疫苗，悠哉遊哉地過日子。

「各位、各位知道嗎？『月亮的露珠』裡還保存著相當數量的疫苗，可是市府當局卻一味地隱瞞，不讓我們市民施打，因為花了莫大經費開發出來的疫苗不能隨便使用。天底下有這麼可笑的事嗎？

「各位，我再公布更驚人的事實，這是我長年來秘密調查得知的事，這才是真實，可怕的現實。市長等ＮＯ.６的高官們早在幾年前就已經預測到會發生今天這樣的事情，也就是ＮＯ.６內部會流行未知的疾病，所以他們才秘密進行疫苗的開發，就在我們不知道的地方。他們打算在危急時刻只拯救限定的少數人。還不只如此，你們看，睜大眼睛看，看清楚這個。」

這次，白色牆上放映出群眾的影片，是湧入「月亮的露珠」的人群，他們緊繃著臉，嘴裡吶喊著些什麼。畫面一角閃過了紅色的光線，所有人的表情都變得恐懼，爭先恐後往外逃，接著是拿著槍的士兵，以及倒臥在廣場上、全身是血的群眾畫面。似乎是用小型攝影機偷拍的，畫面不清晰，不斷傾斜或是往旁邊搖晃，很不穩定。

「這是什麼？各位看得出來嗎？」

楊眠的聲音更加高亢，朗朗響起。

「沒錯，我們的同伴被殺了，像隻小蟲子一樣被殺害。市府當局拿槍對準市民，這種事可以被允許嗎？當然不被允許，不可能允許。

「各位，站出來吧！從腐敗的『月亮的露珠』手中奪回市政權，我們不能繼續被蹂躪，不能繼續被壓制，我們是人，我們要拿回我們的自由與安全。戰吧！戰吧！戰吧！各位，拿起你們的武器站出來，包圍『月亮的露珠』，摧毀NO.6！戰吧！戰吧！戰吧！戰吧！」

傳來大聲的吶喊。戀香在吶喊還沒結束前就關掉電腦，搖搖晃晃地蹲了下去。

「一直都是這樣，大概每五分鐘就有一次哥哥的演講。」

戀香搗著大肚子，咧著嘴幾乎快哭了。外頭路上的騷動聲更激烈了，彷彿滾滾而來的海浪一樣，衝擊著火藍她們。

戰吧！戰吧！戰吧！戰吧！戰吧！戰吧！

站出來！站出來！站出來！站出來！站出來！

「火藍，我哥哥怎麼了？為什麼說那種話？為什麼那樣吶喊呢？」

戀香雙手摀住臉。

「媽媽。」

莉莉靠過來，輕輕將手放在母親膝上。

「媽媽，別哭。」

「媽媽沒事，莉莉。媽媽不會哭，只是、只是，媽媽有點害怕。那麼溫柔的哥哥……彷彿變了一個人的樣子……不，哥哥變了，自從嫂嫂跟孩子被當局抓走，行蹤不明之後，他就變了……變了。從那個時候起，哥哥的心中就……」

「報仇。」

火藍的一句話讓戀香抬起了頭，雙唇微啟。

「楊眠想報仇，對NO.6，是嗎？他希望抹殺這個都市……」

「對。」戀香聲音沙啞地回答。

「對，沒錯，火藍。哥哥什麼都沒說，我一次也沒從哥哥嘴裡聽到過『報仇』這兩個字，可是我知道，我是他妹妹啊……我知道哥哥變了，也知道他在心裡發誓要報仇，所以我一直很擔心，擔心……有一天會發生這種事……擔心又害怕，非常害怕。」

戀香的嘴唇顫抖著，大大的眼睛逐漸濕潤，臉色也愈來愈蒼白。

火藍的視線從戀香身上轉移到一片漆黑的螢幕上。

說謊。

火藍強烈認為。

也許不是全部，但楊眠的演說有一半是謊言。

市府當局嚴格控管市民，巧妙且毫無慈悲地統治，這點是確實的。包括火藍等大部分的市民被欺騙，什麼也沒察覺地活著，這點也沒錯。許多人被殺、原因不明的疾病如燎原之火般蔓延、市府當局拿不出任何有效措施、對著市民開槍，這些全都是事實。

可是另一件事——人們接二連三倒地死亡、不可思議且又恐怖的事情，市府當局以前就已經預測到，因而開發了疫苗，這是謊言。如果是事實，那麼當局不可能不讓市民接種疫苗。「月亮的露珠」裡有儲備的疫苗卻不讓市民接種，這種事怎麼可能發生？

殺了市民有什麼好處？應該害處較大，不是嗎？就是因為沒有疫苗，所以才會陷入現在的窘境，對市府而言，這是最糟糕的情況。

還有，還有紫苑不一樣。

紫苑會回來。

紫苑並不是「再也回不來的人」。

楊眠說的話一半是真，一半是假。

「月亮的露珠」裡不可能有疫苗。

謊言，完全是捏造的。

楊眠操控、驅使並煽動著人們的恐懼心態，以及盤踞在心底對ＮＯ.６的懷疑與不滿。

楊眠，不可以，你錯了。

眼前浮現紅科呆坐在兒子身旁，一動也不動的身影，火藍想起了那雙因太過悲傷而呆滯的眼睛。

射殺紅科兒子的人是士兵，可是導致這種事發生的原因之一是楊眠，那名被朋友稱為「好相處的亞伯」的青年慘死，跟楊眠有很大的關聯。

事實很珍貴。事實因為是「事實」，所以珍貴，所以能撼動這個世界。然而現在楊眠說的並不是事實，而是配合自己的需要，扭曲了事實。

「哥哥變了。」戀香感嘆。「自從嫂嫂失蹤後，他就漸漸變了，最後完全變了一個人，還掀起這樣的騷動。」

「是啊……」

楊眠等待著，蟄伏以待。不是為了展翅高飛，而是為了報復ＮＯ．６，一直等待著機會。

然後，等到了絕佳時機。

「戰吧！戰吧！戰吧！戰吧！」

用力呼喊的聲音在耳朵深處轟隆作響，猶如氣勢強烈的音效，騷動人心的吶喊。

火藍雙手交疊在胸前。

不可以，楊眠，你錯了，你把這麼多陌生人捲進來，想要做什麼？犧牲那些人，你想創造什麼？你看見了嗎？那些流著血死去的每一個人的身影、表情，你看見了嗎？你是否看見了那些人背負的人生與生活呢？

楊眠，現在不是戰鬥的時候，而是必須盡快想辦法對付那個未知的疾病。

人的生命並不是拿來利用，用完就丟，而是必須守護的。深愛妻子與小孩的你，更應該尊重生命。

楊眠，身為人與NO.6，這兩種應該分割才是啊！能夠如何尊重他人的生命，就在那一線之間，不是嗎？

現在的你，現在的你打算跨越那條線嗎？

拜託你。不是群眾、不是人們、不是市民，而是請你想想每個人！想想我，想想戀香，想想莉莉，想想紅科，想想月藥，想想每一個你不認識的陌生人！

你不是NO.6，你是人，對嗎？

「火藍。」戀香叫她，聲音十分無力而虛弱。

「什麼事？」火藍回答的聲音也很小聲。

「我……一直很希望妳跟哥哥能在一起。」

「戀香。」

「因為哥哥很喜歡妳，我覺得他愛上妳了。晚餐時如果提到妳，他會突然沉默，可是看起來非常開心的樣子，我好久沒看見哥哥那麼幸福的表情了。」

「戀香……」

「妳跟哥哥結婚，紫苑平安回來，我也生下小寶寶，月藥跟莉莉抱著小孩來

店裡給妳看，妳、哥哥還有紫苑輪流親吻小寶寶，祝福他，妳還烤了生日蛋糕。我和月藥省吃儉用，為了慶祝小寶寶誕生，分送『幸福麵包』給下城的朋友，我們將妳烤的圓形小麵包當作幸福的見證，分給大家，把麵包一個一個裝袋，綁上可愛的蝴蝶結……將幸福與大家分享。莉莉和小寶寶也綁上蝴蝶結，小寶寶穿上白色圍兜，而莉莉則是穿上淡粉紅色的圍裙。莉莉提著整籃的『幸福麵包』走在路上，大家都異口同聲地說：『恭喜，戀香。恭喜，月藥和莉莉。』祝福我們。」

「戀香。」

「我的願望就只有這樣，一點也不過分，對不對？一點也不過分吧？火藍。」

「對。」

很小、很小的願望。

「可是，為什麼無法實現？為什麼所有的一切都會崩毀、消失？為什麼？」

戀香忍不住了，哽咽了起來。莉莉雙手牢牢環抱住母親。

小小的、小小的願望。

可是，無法實現。

因為只要住在NO.6，所有的願望就像沙漠上的海市蜃樓，輕而易舉就會破滅。

那麼，該怎麼辦？

為了走出沙漠，在確實的土地上過我們的平凡生活，我們該怎麼做？

如果NO．6不是理想都市，那什麼才是理想？跟NO．6完全異質的世界，要怎樣才能誕生？

「戀香，楊眠應該有同伴吧？」

「有……應該是跟哥哥有同樣遭遇，失去親人的人。」

「楊眠跟那些人在一起，跟那些人一起行動，對嗎？」

「嗯，一定是那樣。」

「妳知道他們在哪裡嗎？」

戀香想了好一陣子，最後搖搖頭說：

「不知道，好像是在一個地下電台，如果沒有一定程度的設備，不可能播放那樣的影片。」

「是啊，不過我們都不知道那個地方在哪裡，也沒辦法見到楊眠……」

「火藍。」

戀香伸出手，火藍握住了她的手。

「怎麼辦？我們該怎麼做才好？火藍。」

騷動傳了過來。

從馬路那頭襲來。

戰吧！戰吧！戰吧！戰吧！戰吧！

破壞吧！破壞吧！破壞吧！破壞吧！

殺吧！殺吧！殺吧！殺吧！殺吧！

「我們來想辦法，戀香。」

她將手輕輕放在戀香的腹部，接著撫摸莉莉的臉頰。

「我們還有希望。」

「什麼？」

「希望啊！妳肚子裡的寶寶和莉莉就是我們的希望，我們必須要加油，給這些孩子一個可以活下去的真實世界。對嗎？戀香，我們還有孩子啊！我們的希望並沒有全部被奪走。」

「還有紫苑。」

戀香擦拭著淚水，點頭說。

「紫苑也是我們的希望，而且是很大的希望。」
「是啊，謝謝妳，戀香。」
「就要回來了。」
莉莉突然插嘴。
「哥哥就要回來了，我知道。」
「莉莉。」
火藍抱起莉莉，親吻她的臉頰。
「是真的，哥哥就要回來了。」
要回來了，紫苑他……
回來吧！紫苑，還有沙布。
你們一定要平安回來。
祈禱。
祈禱之聲也能傳到那名叫「老鼠」的陌生少年那裡。
老鼠，我想見你。見到了你，我要感謝你，感謝你支持我。
紫苑，沙布，老鼠。

你們也是我的希望，很大的希望。

回來我的身邊。

NO.6市政府，俗稱「月亮的露珠」正被人群包圍。

市民們擠滿廣場，站滿馬路，懷抱著各自的心思吶喊著，那些吶喊聲融合為一，變成了巨大聲響，甚至撼動樹梢。

然而，就算再怎麼大的音量，也傳達不到市長室。

市長室位於頂樓，窗戶及牆壁都做了隔音設備。無論外頭發生什麼，這裡總是一片寂靜。

「為什麼？為什麼會變成這樣？」

市長回頭，緊握的拳頭顫動著。

寂靜遭到劃破。

「大耳狐，冷靜。這個時候你怎麼能慌張呢？」

白衣男穩穩地坐在皮椅上，蹺著腳。

真是的，這傢伙怎麼會這麼膽小呢？

他在內心裡咋舌。

從以前就是這樣，雖然野心勃勃，卻很膽小怕事。

男子換腳蹺。

不過也因為他膽小又怕事，今天才能坐上這個位置。不對任何人敞開心胸，不信任任何人，對一切心存懷疑，小心行事，果然是大耳狐，住在沙漠裡的最小型狐狸。

市長在房間裡踱步，步伐急促地來回走動，厚厚的地毯幾乎百分之百吸收了腳步聲。

「不應該是這樣的。市民們聚集在『月亮的露珠』應該是為了慶祝『神聖節』，為了慶祝偉大的NO.6才是啊！可是，沒想到居然變成這樣，居然變成這樣……為什麼會變成這樣？」

男子故意嘆了口氣。市長停下腳步，緊皺眉頭看著男子。

「拜託一下，大耳狐，不要那麼慌張，最近你老是重複『為什麼』、『變成這樣』，我已經聽得有些厭煩了。」

「回答我，為什麼變成這樣？」

市長的聲音尖銳。男子又故意嘆了一口氣說：

「因為你半途而廢。」

「半途而廢？我？」

「對。都已經出動軍隊了，你只打了幾槍把人趕出去，實在太半途而廢了。要鎮壓愚民，沒有比軍隊更有效的辦法了。你用了錯誤的方法，應該要更大膽，沒有半點猶豫而毫不留情才對。」

「你的意思是要我掃射所有市民？」

「在全殺掉之前，要把他們壓制在地，要讓他們害怕到發抖，跪拜懇求，讓他們由心底懊悔反抗NO.6，全身顫抖。這麼一來，就像被去勢的狗一樣，無論遭到怎樣的待遇都無法反撲。大耳狐，現在還不晚，再一次出動軍隊，好好修理聚集在廣場上的那些傢伙，我想，看情況，也許用波動炮也無妨，反正早已在西區做過實戰測驗了。」

「那簡直就像……」

市長吞了口口水。

「簡直就像白色恐怖，不是嗎？」

「白色恐怖？別開玩笑了。我之前也說過了，你是NO.6的統治者，NO.6的王，這裡是你君臨的國度，你就是所有正義的表象。反抗你就是褻瀆正義，用武力鎮壓不是理所當然嗎？」

「……別說了。」

「喂，大耳狐，你在害怕什麼？完全不像以往的你耶！平常你不是都以王者自居嗎？你意識到自己是被選中的人，活在那個意識之下。」

「沒錯。」

市長鬆懈了下來，望著自己的腳。

「我是市長，是NO.6的最高負責人、最高權力者。這是理所當然的啊！NO.6是我們建造起來的，我們創造了再生計畫，拯救了瀕臨死亡的人類。我們創建了人類儘可能的……儘可能的理想都市。」

「說得一點也沒錯，你跟我都是主要成員，不，我認為只有我們兩個人真正了解NO.6想要實踐的理想，其他成員從某種層面上來說，優秀卻缺乏想像力，也有人缺乏野心，或是明顯缺乏跟上時代的能力。幸好那些能力我們都具備，充分具備了，所以今天，我們才會在這裡。」

「在這裡？你是指被市民包圍、抗議責難的這個狀態嗎？我們的想像力、野心和能力是為了走到這種地步嗎？」

「這不過是一時的狀態，只要你拿出有效的辦法來，立刻就能平息。」

「有效的辦法？我已經拿出好幾個了。」

「譬如？」

「有一群人在煽動這次的騷動，我要求治安局立刻逮捕那些傢伙。」

「掌握他們的所在了嗎？」

「還沒。他們很狡猾，似乎潛藏在地下。」

「明顯失策。我認為應該更迅速地除掉危險分子才是，一定要斬草除根。還有呢？」

「我利用所有媒體播放我的演說，要求市民冷靜，不要因為恐怖分子而動搖，隨之起舞，同時宣布非常時期，發布禁止外出令，要求他們在禁令解除前留在家裡，要是被認為是危險分子，即使是『克洛諾斯』的居民也會遭到逮捕、拘禁。還有就是依照你的忠告……出動軍隊。」

「嗯……大致上似乎沒有錯，如果沒有誤用軍隊，應該早就平息這場騷動了……沒關係，些微的錯誤很快就能挽回，一切都會順利解決的。」

市長彎下腰，凝視坐在皮椅上的男子的臉，說：

「順利解決？從哪裡看得出來？哪裡看得出來這樣的狀態能夠順利解決？市民完全不退，彷彿不受控制，士兵們再怎樣威嚇也沒有用。你知道為什麼嗎？因為那些傢伙的犧牲者不斷出現，市民們接二連三死於不可解的原因，所有人都認為有新品種的傳染病突然在市內蔓延，而我們手上藏有對抗的疫苗。可惡，有這麼可惡的事情嗎？那不是什麼傳染病，是那些傢伙搞的鬼。那些傢伙為何隨便殺害市民？到底為了什麼？一切不是應該在我們的控制下行動嗎？我們不是能百分之百支配那些傢伙嗎？」

微笑從男子的臉上消失了，他的唇角微微抖動地說：

「大耳狐，相同的話，你要我講幾遍？這的確是意外，預料外的偶發事件。這點我承認，當然我也承認我的預測太天真了。只是，這不是你們所恐懼的那種事，這只是前兆，那個覺醒的前兆。」

「這麼大的怪事，你說只不過是前兆？」

「沒錯，只是反應那個為了覺醒所需的能量而已。換句話說，那個擁有那麼龐大的能量，等到那個完全覺醒，受我們所支配，我們就能駕馭那股能量，這場騷動也會落幕。」

「真的……是這樣嗎？」

「我曾經對你胡說八道或是欺騙你嗎？我所說的話全都是事實，不是嗎？你忘了嗎？大耳狐，最早看穿你的資質不在研究而在從政的人，可是我喔！」

「……我記得。是你強烈推薦我競選NO.6的第一屆市長。」

「沒錯，而你也成功當選了，從那以後直到今天，你一直統治著NO.6。當然今後也是，因為已經不需要選舉了，你不需要經過市民的選拔了。大耳狐，不可以動搖，你無論在何時以及何種情況下，都應該以一個偉人的態度行事。」

「偉人……我有想要成為那樣的人嗎……」

「你說什麼？」

「我的確想用我們自己的手創造一座桃花源。不只是我，那時候參與建造NO.6的人應該都有這種想法。我們不是曾說過要在這裡建造基礎，讓這裡成為理想都市，在這裡實現人類的夢想嗎？我想，沒有人想過……要成為偉人。」

「如果沒有人以絕對的權力統治、牽引，能夠建造出桃花源嗎？這點你應該是最了解的。沒錯，擁有壓倒性權力的人拉著大多數人前進，正因為如此，NO.6才會被稱為理想都市、神聖都市，不是嗎？這是你的力量、我們的思想的勝利。」

「勝利……嗎？」

「完全勝利。發生了些微糾紛也是無可奈何的，我們要跨越那些，創造NO.6的光輝歷史，對吧？」

市長沒有回答。他雙手交握在背後，再度開始踱步。

「那個何時會覺醒？」

「快了。」

「快了是多快？這麼曖昧的說法真不像你，給我更具體的數字吧！」

男子聳聳肩。

呵，居然要具體數字了，看來是很焦躁。人被逼到絕境，就會想要具體數字。

「這個嘛，二十四小時以內。明天的這個時候，一切都已經落幕，所有的事情都會圓滿解決。」

「二十四小時……我等不了那麼久。最多二十小時，不，限時十二小時。」

「你還真性急啊！大耳狐。」

「性急？在這種狀況下，你要我多有耐心?!『月亮的露珠』被市民包圍著！」

市長一拳擊上紅木辦公桌。男子只是微聳單肩，說：

「大耳狐，你現在還認為『月亮的露珠』是NO.6的核心嗎？」

市長頓了頓。

「什麼？你剛才說什麼？」

「NO.6最主要的機能已經移轉到監獄了，『月亮的露珠』只不過是行政機關，就算被包圍也不會出什麼大事。只要監獄還在，我們的NO.6就很安全。」

血色從市長的臉上慢慢褪去，他半張著嘴，只有舌尖晃動著。

「那是什麼意思？」

「什麼意思？就是我剛才講的意思。監獄才是NO.6的心臟，同時也是頭腦。」

「什麼……」

市長低聲呻吟。這時，一陣電子聲與呻吟聲同時響起，鑲嵌在牆上的電視螢幕中出現一名臉部細長的男子，那是市長的直屬秘書之一。

「市長，市區到處都發生火災。」

「是暴徒入侵，惡意縱火嗎？」

「那也有，不過不光是那樣，各建築的防災系統並沒有啟動，有些地方甚至連系統的中央電腦也著火、爆炸。」

「電腦自爆？怎麼可能！再作一次確認。」

「是。」

「如果是真的……不可能會有這麼離譜的事，但萬一是事實，要盡快查明原因。發動治安局，還有保安局的所有人員。」

「是。」

「怎麼了？還有什麼事嗎？」

「治安局及保安局裡也有幾名職員罹患那個奇怪的疾病而死，人員之間相當動搖，對執行救火、鎮壓暴徒及搬送傷患等有很大的影響。」

「你該不會要告訴我職員們擅離職守了吧？」

「是……已經發生這樣的事情了，甚至還有人加入暴徒的行列。」

「怎麼可能，怎麼可能！不可能發生這種事。你是在哪裡得到了這種錯誤的情報?!」

「似乎不是錯誤……」

就在市長要大聲喝斥時，電子聲再度響起，對面另一台鑲嵌在牆壁上的螢幕中，出現另一名公設秘書臉頰下垂的圓臉特寫。

畫面周圍有紅光閃爍著。

代表發生了最高層級的重大事情。

「市長！」

秘書叫著，幾乎是哀號了。

「監獄著火了，我接獲了全毀的報告。」

男子跳了起來，推開市長往前站。

「什麼?!你剛才說什麼？」

「我說監獄著火了，我剛接獲了崩塌的報告。」

「不可能發生那種事，那是監獄耶！受到了嚴密的保全系統守護著！全毀？崩塌？你在作夢嗎？」

「可是……啊，影像傳過來了，請看。」

畫面閃爍了一下。秘書的臉消失，取而代之的是燃燒夜空的熊熊大火。

「這……」

男子說不出話來了，只有喘息聲在喉嚨深處盤旋著。

這是什麼影像？

男子倒抽一口氣。

是什麼魔術嗎？還是廉價的連續劇的一幕？究竟是什麼？為什麼給我看這個？

「監獄崩塌了。」

秘書的尖銳叫聲掠過耳旁。男子受不了，往後踉蹌了兩、三步。

「喂，那個影子是什麼？」

市長推開男子的背，臉靠近螢幕看。

「這是什麼？」

男子也看見了。

清清楚楚地浮現在大火中的黑影。

「喂，這……這是不是蜜蜂？不，怎麼可能？不可能有這麼多蜜蜂，不可能。」

市長的下巴顫抖著。

男子的下巴也顫抖著，冷顫隨即遍佈全身。

「愛莉烏莉亞斯。」

顫抖的嘴裡吐出這個名字。

市長回頭。

「你說愛莉烏莉亞斯？」

「沒錯，是愛莉烏莉亞斯。不，不對，她應該更美、更溫和，不可能是如此、如此巨大的姿態，她應該會隨我操控才是啊！」

應該。應該。應該。應該。應該。

畫面消失了。

影像中斷了。

「市長，市民們衝進『月亮的露珠』了，請小心。」

另一頭的畫面裡，秘書不斷吶喊著。

「怎麼可能?!」男子跟市長叫著說。

3 只是塵埃

人類是大自然的傑作，有高尚的理性、無限的能力，外表與舉止十分多變，動作適切且優雅，直覺力彷彿天使，就像天神。這個世界之美的精髓，萬物的榜樣，就是人類。

可是，對我而言，人類不過塵土，我不感興趣。

（《哈姆雷特》／第二幕，第二場。）

醫生比紫苑記憶中老了很多。

每週約一、兩次到火藍的麵包店買三明治、鮮肉派的醫生，是一名闊達的高瘦男子，嘴唇上方的鬍子很濃密，講起話來是清亮優美的男中音。

他曾建議紫苑正式學醫，以後到他的醫院工作。

「我想以你的能力，應該可以立刻習得專門的知識與技術。如果有興趣，要不要報考資格考？」

那是很吸引人的建議，可是紫苑放棄了，因為被剝奪了所有權利而趕出「克洛諾斯」的他，根本不可能通過資格考。然而，醫生為一個毫不相關的麵包店兒子的將來著想，勸他走醫學這條路讓他很開心，也很感謝。

幾個月不見的醫生完全變了個樣，幾乎到了讓人懷疑不是同一個人的地步，鬍子、頭髮都絲絲泛白，身體也萎縮了一圈。不過要說樣貌的變化，紫苑更大，他的頭髮全白，臉上滿是血跡、泥巴和煤灰，非常骯髒。

下城近郊的小醫院裡有醫生、護士跟看護用的機器人，面對突然衝進來，全身是血的髒兮兮傷患，護士嚇得驚聲呼叫。而彷彿要掩蓋住那道驚呼聲，紫苑大聲吶喊：

「醫生，請您、請您救救他！」

「你……你不就是……」

「麵包店的兒子。醫生，求求您救他。」

醫生望向老鼠，血不斷滴落。

「準備緊急手術。」

每 個 月 讀 一 點 書

2012
J U

皇冠文
www.crow

今晚，最魔幻、
即將登

TH
NIGHT

夜 行 馬

ERIN MOR
艾琳・莫

2.07
Y
文化集團
n.com.tw
PAPER
欲知更多新書訊息，
請上皇冠讀樂網
生 活 更 有 趣 。
最華麗的演出
登場！
LE
CIRCUS
馬戲團
GENSTERN
莫根斯坦

醫生話還沒說完，護士已經動作了，她衝進了緊鄰診療室旁的房間。

機器人推來了簡易病床，說：

「躺上來，請讓病患躺上來。」

紫苑讓老鼠躺在簡易病床上。

「老鼠。」

他試著呼喚，然而緊閉的雙眼絲毫沒有睜開的跡象。

「老鼠……」

「請把手伸出來，請把手從傷患身體下方伸出來，要送他去手術室。」

機器人催促，可是紫苑一直抱著老鼠的雙手僵硬，動不了，只有指尖顫抖著。

「紫苑！」

借狗人拉著他的手，幫他把手拉出來。

「移送傷患，移送傷患。進入緊急手術狀態。戴上氧氣罩。開始測量血壓、脈搏、心跳、血型。」

醫生快速脫掉老鼠的衣服。機器人的胸部伸出幾根管子，延伸到老鼠身上。

「移送傷患，移送傷患。」

簡易病床跟機器人進入了手術室。

「醫生。」

紫苑抓住醫生的白袍。

「醫生，求求您，請您……救救他，求求您……」

「紫苑。」

沒想到會被叫出名字。

抬頭。

「我是醫生，眼前如果出現需要治療的傷患，我一定全力以赴。只是，這裡是下城的醫院，並沒有能夠進行高級外科手術的設備。」

紫苑知道。

他很清楚，可是就如同他告訴力河的一樣，現在的他能求助的人只有這位醫生了。

「就我目測，他做了急救，是你嗎？」

「對。」

「什麼傷？」

「槍傷，被來福槍貫穿。」

「貫穿啊……」

醫生喃喃地說，快步走向手術室。紫苑對著穿白袍的背影深深鞠躬。頭暈。

他直接蹲了下來。

「紫苑……」

借狗人坐在他身旁，環抱著他的肩。

「紫苑，或許，我是說或許，你需要我陪嗎？」

「借狗人。」

「我過去從沒安慰過別人，我覺得安慰這種東西連一片麵包的價值都沒有。我現在還是這麼認為，可是……可是，如果，現在你需要我安慰……如果我陪著你能夠安慰你，那我……我就陪你。」

借狗人輕輕伸出手。僵硬漸漸緩和，血液再度流通，紫苑閉起雙眼，將頭靠向借狗人的胸膛。

感覺到微微的隆起與柔軟。如果是平常，他會驚慌、困惑而連忙起身吧！但今天，他只感覺舒服。支撐著他的胸膛、環抱著他的雙手、對他輕聲細語的口吻、另一個人的溫度，就在他身旁，這是無可取代的幸福，不是嗎？

「借狗人……謝謝你。」

啊啊，可是。

紫苑依舊閉著眼睛，緊咬下唇。

我想要的不是這個溫度，不是這個身體，不是這個聲音，不是這雙手。

臉上傳來被溫熱的東西觸摸的感覺。借狗人舔了他，輕輕舔去他臉上乾掉、附著的血跡。小老鼠們縮在紫苑的膝蓋上，狗兒們則趴在角落。

「沒事的，那小子不會死，這麼一點小事打倒不了他。我在西區看過的壞人多到數不清，沒一個像老鼠那樣狡猾、滿腦子壞點子又危險。我以前也告訴過你吧？那小子是惡魔，你並不知道他的真面目。沒錯，那小子就像惡魔，那種傢伙絕對不會輕易倒下，等明天，他一定會若無其事地又開始想陷阱讓我們跳了。他就是那種傢伙，沒事的，放心。」

紫苑張開眼睛，挺起身來，說：

「借狗人，謝謝，真的謝謝你。」

「無聊，我不過講了老鼠的壞話而已，沒做什麼值得你感謝的事。你啊，真是無可救藥的笨蛋。」

借狗人哼地別過臉，但卻沒有離開紫苑。

呼嚕，呼呼～～～呼呼～～～

傳來震動房內空氣的打呼聲。

「喂，大叔，吵死人了！」

呼呼～～～呼呼～～～呼嚕，呼嚕。

力河靠坐在長板凳上，仰著頭呼呼大睡。

「還說什麼不喝酒就完全睡不著，現在不是睡死了？真是的，怎麼我身旁都是一些糟糕的傢伙？」

借狗人故意作戲，嘆了一口很誇張的氣，之後又吹了短短口哨聲。狗兒們站起來靠攏，緊貼著借狗人跟紫苑，接著再度趴下。

「只要有牠們在，不管哪裡都是最棒的睡床，我們也稍微睡一會兒吧！」

「嗯……」

「睡吧！紫苑。」

借狗人扯著紫苑的襯衫說。

「今天不睡，明天就無法戰鬥。你該不會認為我們的戰爭就此結束了吧？」

他並不認為，因為什麼都還沒解決，明天，戰爭仍舊會持續下去。可是，如果失去了老鼠，如果明天沒有他，我大概無法重披戰袍。

你真沒用，無可救藥的脆弱。

他聽到了老鼠的嘲笑聲。

嘲笑我吧！老鼠。輕視我吧！揶揄我吧！譏笑也罷，冷笑也好，我想聽你的笑聲，讓我聽你的笑聲。

「睡。」

借狗人以命令的口吻說。

監獄在燃燒著，

在紫苑的面前燃燒、崩塌。

這是夢。

理性說。

你逃離了監獄，已經回到ＮＯ.６，回到了下城，所以——

這是夢。

你看到的是幻覺。

火焰燃燒著。

太過逼真了。

甚至連蠢動著的火焰前端都看得一清二楚，吹拂過來的熱風灼得皮膚好痛，刺激性的味道竄入鼻孔。

這是夢嗎？你說這是幻覺嗎？

不可能，這絕對是現實。

那麼，我又回來了嗎？時間回溯，回到剛逃出監獄的時候嗎？

火焰燃燒得更加劇烈，往上燃燒，搖曳晃動，又合而為一。剛覺得往上延伸變得細長，馬上旁邊又出現黑色龜裂。

紫苑暫停呼吸，呆立在原地。動搖、狼狽和驚訝全都不見了，只是茫然地站著。

龜裂繼續延伸，火焰變成了兩截。

「蜂……」

然後他再也說不出話來了。

漆黑身體、細細的葫蘆形胴體、長長腹部、淡金色線條的透明翅膀，還有閃耀著金色的觸角與複眼、淺銀色的三顆單眼。

火焰中出現了巨大的「蜂」。

漆黑、金色與銀色，黑暗與光明所創造的蜂。

紫苑往後退了一步。

恐怖到讓人覺得美麗，震撼力十足，他差點跪下去。

這是……什麼？

「愛莉烏莉亞斯。」

耳邊聽到喃喃聲。

「老鼠。」

紫苑的身旁站著老鼠，一瞬也不瞬地凝視著火焰。不，他並不是凝視著籠罩著監獄的大火，而是巨大的蜂。老鼠跟蜂對峙著。

「『愛莉烏莉亞斯』就是這隻蜂……嗎？」

老鼠沒有回答，他一動也不動，彷彿雕像。

突然，眼前的蜂從紫苑的意識中消失了。

老鼠站著，睜著眼站著。

雖然面無表情，不過確實是有血色的側臉。

「老鼠，你果然……」

為我活下來了。

老鼠吸氣，嘴唇微微蠕動著。

傳來了一首旋律。

老鼠的嘴唇發出和緩的曲調。

紫苑聞到了濃郁的森林氣味，聽見樹梢搖曳的聲音，而且感覺到振翅聲，小蟲子的嗡嗡作響聲傳進耳中，在不知不覺間融入曲調，變成了合鳴。

身體往上飄。

不知道自己現在人在哪裡，身體與心靈隨著老鼠吹出的曲調飄浮著。

紫苑放鬆全身的力量，順其自然。

傳來了一陣歌聲。

風攫取靈魂，人掠奪心靈。
大地呀，風雨呀，天呀，光呀。
請全都停留在這裡。
務必全都留在這裡。
活在這裡。
靈魂呀，心靈呀，愛呀，情感呀。
全都回到這裡。
留在這裡。

老鼠在唱歌。不是因為人，而是這首歌、這個聲音令人心醉，心情漸趨平靜。

風攫取靈魂，人掠奪心靈。
但是，我還是留在這裡。
繼續唱歌。
懇求。

傳遞我的歌聲。
懇求。
接受我的歌聲。

在恍惚中，紫苑微微冒汗，一道汗水滑過臉頰。
就在這一剎那，熱風吹了過來。
他被壓制在地，焦黑的瓦礫掠過了臉頰跟身體，掉落地面又彈起。
「不要起來。」
老鼠的手壓住他的背。
「就這樣趴著。」
風沒有停止。石塊及瓦礫的碎片滾落至被制伏於地的紫苑面前。
呵，呵，呵。
呵，呵，呵。
笑聲從地底下湧起……還是從天上落下的呢？
呵，呵，呵。

呵，呵，呵。

蜂奮力張大翅膀。

火焰往旁邊蔓延，在地上蔓延。

呵，呵，呵。

呵，呵，呵。

蜂飛起。

聲音消失了，只剩風，攀升上天。傳來一陣震耳欲聾的振翅聲，在巨大的蜂之後，有幾千隻小黑塊隨之飛起，蜂群形成帶狀飛升而起。

「愛莉烏莉亞斯。」

老鼠再度喃喃地說。

無法呼吸。

胸部被壓迫著。

紫苑醒了過來，借狗人的頭正壓著他的胸口。

彷彿在測量紫苑的心跳，借狗人以耳朵貼著紫苑胸膛的姿勢睡著，發出輕微

的呼吸聲，兩旁有兩隻狗貼在他身旁。

原來如此，這樣就絕不會冷。

另外還有一隻狗窩在力河身旁。雖然說盡惡言惡語，借狗人似乎還是擔心力河會冷。也許是因為這樣，力河的鼾聲也轉變為平穩的呼吸聲。

NO.6，下城，小醫院的一室。

沒錯，時間並沒有回到過去，可是那不是夢，紫苑的確看到了現實。

愛莉烏莉亞斯。那就是愛莉烏莉亞斯嗎？

從火焰之蛹中誕生的蜂。

紫苑輕撫著脖子，他想起咬破這裡後企圖爬出來的蜂，想起山勢，想起形成黑色帶狀群飛而去的幾千隻蜂。如果那些蜂全都是寄生蜂，NO.6會變成怎樣呢？

不知道。

他拿起沙發墊子塞進借狗人的頭部下方，然後注意著不要吵醒他，悄悄起身。應該只睡了很短的時間，大概不到三十分鐘，但是身體卻驚人地感到輕盈，或許是因為安心了吧！

老鼠活下來了。

得到確信，緊張的心也慢慢放鬆，紫苑緩緩反覆幾次深呼吸。

他很在意蜂的去向，也擔心ＮＯ.６的未來，然而，不會失去老鼠的安心感獲勝了。

再一次深深地吸氣，吐氣。

醫生的辦公桌上鑲嵌著隱藏式電腦，一按下操作鍵，螢幕便無聲地開啟。他摸索外套口袋。

「找到了。」

那是名叫「老」的男子拿給他的晶片。監獄已經瓦解了，這個時候，那個地底世界變成怎樣了呢？那個叫「毒蠍」的年輕人、拿著盛水的碗遞給他們的少年，還有不斷凝視著紫苑的少女，他們現在還好嗎？還有，沙布。

老對他說：「這張晶片裡有我的研究全貌，我將它託付給你。救出你的朋友之後，你就打開來好好地看吧！」

沙啞而虛弱的口吻。

救出你的朋友之後……

沙布。

救不了她。

最重要的朋友，他卻棄她不顧。

最後看到的沙布，在微笑，比紫苑認識的沙布更成熟，充滿了魅力。

救不了她，最終還是救不了她。

他握緊拳頭捶胸。

這裡又多了一道傷痕，一輩子疼痛的傷痕。

不會忘記，無法忘記。

沙布，就算再想妳，我也無法再見到妳了。可是即使如此，正因如此，我會永遠地想妳，不斷想妳，想妳留給我的東西究竟是什麼。

插入晶片，不需要密碼。紫苑彎下身，凝視著螢幕。

在地底世界裡，「老」所說的關於NO.6的所有一切都記錄在裡面。

愛莉烏莉亞斯、麻歐大屠殺、森林子民、破壞、捕食寄生……

閱讀著無法理解的專門用語與數字交錯的畫面，紫苑的指尖慢慢冰冷，內心也感到冰冷。

看完所有資料以後，紫苑取出晶片，腦袋已經麻痺了一半，呆滯著。

這就是NO.6？

這就是愛莉烏莉亞斯？

手術室的門開了

醫生走出來。

「醫生。」

醫生朝著站起來的紫苑用力點頭，說：

「手術很成功，生命無虞了。」

「醫生，謝謝您，謝謝您。」

醫生取下口罩，展露笑顏說：

「那個緊急止血處理是你做的吧？」

「是。」

「非常正確的處理，再加上子彈並沒有留在體內，而且子彈貫穿處也偏離致命傷的地方很遠，真的很幸運。」

「所以我就說吧！」

借狗人不知在何時站到紫苑背後，他扠著腰，瞥了紫苑一眼，又開口說：

「那小子的狗屎運超強，根本不需要替他擔心。」

「我似乎也需要替你們看看。」

醫生苦笑。

「哪裡受傷了，紫苑？」

「您知道我的名字？」

「知道，因為你遭到治安局逮捕而送往監獄的那件事也算是一件新聞。」

「這樣啊……」

「稍微認識你的人都很驚訝，大家都不相信你會是當局發表的『遭淘汰的菁英候補生殺人魔』、『殺害同事的犯人』那種人。」

「包括醫生您嗎？」

「是啊！我除了驚訝之外也更心痛，因為我發現你被當局誣陷為犯人。」

醫生用力嘆了口氣。

「我弟弟也是一樣。」

「您的弟弟嗎？」

「對，跟我相差了很多歲的弟弟。我的父親過世得早，他是我一手帶大的弟弟。五年前，十八歲的他被治安局帶走，你知道為什麼嗎？」

「拒絕對NO.6忠誠，對嗎？」

「你猜對了，他拒絕每天早上在學校進行的『宣誓對市忠誠的儀式』，他討厭被強迫遵從。我想應該是年輕的自負與正義感而起的行為，同時也是人類很理所當然的感覺吧！對，我弟弟是很認真、很正常的年輕人，一個也許比身旁的人多了一些叛逆與氣魄的少年，不知人間險惡。他當天就被叫去『月亮的露珠』，兩週後才回來。」

「他回來了？」

「回來了，但是面目全非了。並不是屍體的意思，他還活著，然而卻跟死了一樣。個性開朗活潑、在籃球隊擔任隊長的弟弟已經消失了，他幾乎不說話，叫他也沒反應，只是一直凝視著虛空，一整天盯著虛空看……回家後沒多久，他就自己結束了生命。在那兩週裡，他究竟遭到了怎樣的對待？光想到這裡就讓我心痛不已。我說他自己結束了生命，實際上是被殺了，弟弟被謀殺了，被這個都市謀殺了。我母親大受打擊，一蹶不起，沒多久……不到三天就嚥下最後一口氣。看到深愛的兒子悲慘的下場，奪走了她活下去的意願。我母親等於也是被殺，不，她是被殺的，確確實實是被殺害的。」

醫生用力點頭，彷彿在說給自己聽。

自己結束了生命。

紫苑沉吟著醫生說的話。

理想都市NO.6的自殺人數幾乎是零，每一位市民都能擁有平穩、安樂的一生。

太過不切實際的虛構了。

醫生緊咬下唇，彷彿在忍受著疼痛。

這個人也是被害者。

NO.6究竟貪婪地吞噬了多少生命呢？

紫苑握緊拳頭。

不允許人當人，不認可每一個人都是獨立、個別的。

為什麼？

好想出聲大叫。

老不是說了嗎？

他說要在這裡創建理想都市。

沒有戰爭，沒有歧視，沒有不幸的桃花源。

究竟是哪裡出了差錯，才會變成如此殘忍的魔鬼？

哪裡出了差錯……

「你母親很偉大。」

醫生的表情緩和了下來，嘴角勾起。

「她的態度光明磊落，每天開店，烘焙麵包，上架販售。我每次經過火藍的麵包店總會聞到剛出爐的麵包香，讓我不由自主地想深呼吸。雖然兒子被奪走，但是她還是每天認真過日子，真的很偉大。我想，火藍一定堅信你會回來吧！其實我很同情火藍，因為我認為你不可能回來的，就算回來了，也一定會變成跟我弟弟一樣。可是你回來了，完整地回來了。」

「外表變了很多。」

「外表不重要，只要內心沒有遭到破壞就好。支配人心，NO.6的企圖就在這裡，人的心、人的精神，甚至連人的思念都要支配。」

借狗人呵地打了個呵欠，說：

「現在還需要說這個嗎？那不是早就知道的事了嗎？對我們西區的居民而言，NO.6不但不是桃花源，簡直是腦滿腸肥的吸血鬼。」

「吸血鬼嗎？的確是。」

醫生的臉上浮現笑意。

「這個吸血鬼現在正苦於體內的異常變化，沒想到，真的沒想到會有這一天。哈哈哈，真想讓我弟弟和母親也看看NO.6現在這個慘樣，哈哈哈哈！」

醫生的笑聲愈來愈大聲，變成了哈哈大笑。借狗人皺著眉聳聳肩。

「喂，紫苑，這位醫生有問題嗎？這裡。」

借狗人指指自己的頭。

「是不是有點瘋狂？」

「他是老鼠的救命恩人耶！」

「可不是我的救命恩人。」

醫生依舊笑個不停。紫苑緩緩開口，對著那個笑到震動的背影問：

「醫生，我可以去看老鼠嗎？」

笑聲停了，醫生眼中還蕩漾著笑意的餘韻，歡喜的殘渣。

「老鼠？啊啊，是那個少年的名字嗎？還真奇妙的名字，應該不是本名吧？」

「大概不是。」

「本名呢？」

不知道。正當紫苑要這麼回答時，診療室的門稍微開了，一名個子高瘦的男子從門內探出上半身來。他的肩膀上站著烏鴉，小老鼠們發出怯懦的聲音，一隻跳進紫苑的口袋裡，兩隻逃進斑紋狗的肚子底下。

「楊眠，怎麼了？」

醫生快步走近男子。名叫楊眠的男子跟醫生說了些悄悄話，醫生的眉毛明顯挑了起來。

「監獄嗎？」

醫生驚訝到嘴巴都忘了闔起來。

「監獄……這種事可能嗎？」

楊眠回答了些什麼。紫苑聽不到，他也沒想聽，連豎起耳朵的意願都沒有。

他想見老鼠。

他的心思都集中在這件事上，很著急。

他要看見活生生的老鼠。
紫苑伸手想推開手術室的門。
「他在二樓。」
醫生豎起食指，指著天花板說：
「恢復室在二樓，他被送到那裡去了，現在亞莉亞陪著他。手術室有直達電梯，不過你們從走廊的樓梯上去吧！」
「謝謝您，醫生。」
「啊……等一下，你們該不會從監獄……」
紫苑並沒有聽醫生講完就衝出了走廊。
「喂，大叔，我們去探望老鼠了，起來準備花束。」
「唔唔，你說什麼？我才不想去那種地方。」
「少說夢話，快起來。」
紫苑一面聽著借狗人跟力河的對話，一面衝上樓梯。來到燈火朦朧照亮的走廊後，他突然卻步了。
他想起了監獄那條筆直延伸的走廊。不過，這裡沒有危機四伏的刺骨氣氛。

他輕輕吐出了一口氣。

只有樓梯旁的一間病房有開燈。紫苑調整氣息，悄悄將手放在門上，門便無聲地往旁邊滑開。

這是一間淺黃色牆壁的病房，正面似乎有大窗戶，掛著比牆壁顏色深的黃色窗簾。

病床放在窗邊，看護機器人在旁邊發出輕微的電子音。它一看到紫苑進來，立刻張開手臂阻擋他。

「靜養中，靜養中，禁止會客。患者正在靜養，禁止會客。」

這個機器人應該就是亞莉亞。

紫苑彎腰跟它說話。

「亞莉亞，謝謝妳，非常感謝妳。」

「感謝，感謝，感謝。」

看護機器人亞莉亞的視覺感應燈閃爍著。顏色從紅色轉變為藍色，似乎判別了紫苑。

「亞莉亞，請讓我見妳的病患。我想見他，一定要見到他。」

亞莉亞的視覺感應燈閃爍，不，雙眼閃爍停止，藍色的眼神注視著紫苑。

「想見，想見。了解，了解。」

亞莉亞滑動身軀，收起手臂，回到病房角落，看起來就像珍奇可愛的裝飾品。狗兒們乖巧地趴在它前面。

老鼠躺在病床上，緊閉著雙眼，身上插了好幾根管子。也許是因為輸血的關係，臉頰恢復了血色。超纖維布整齊地放在病床下，應該是亞莉亞摺的吧！

紫苑彎身測老鼠的脈搏。雖然有些微弱，但是很規律，真實地傳達給了紫苑。

他安心地吐了一口氣。

「老鼠……」

隨著吐出的氣息，感覺全身也跟著融化了。

得救了，老鼠活下來了

他跪下，臉埋入病床。

老鼠的心跳傳了過來。

好想發出聲音哭泣。

用最大限度的聲音。

活著，他活著，老鼠他活著。

「好想再睡一覺。」

力河露出牙齒，打了一個大呵欠。

「我餓了，我的狗兒們也餓了。老鼠得救很好，不過要是反過來變我們餓死，那可不好笑了。啊～～肚子好餓。」

「我們？別把我跟你混為一談。」

「跟你一點關係也沒有，我們是指我跟我的狗。喂，機器人，那個，亞莉亞對吧？這名字真美，跟妳完全不搭軋。亞莉亞大姊，能不能幫我們弄點糧食來？」

「糧食，糧食，無法理解，無法理解。」

「就是食物啊，食物。病人或傷患也要吃東西吧？」

借狗人比出扒食東西的動作。

「食物，了解，了解。」

亞莉亞的胸部往左右敞開。

出現三個排成一列，正冒著熱氣的紙杯。借狗人吹聲口哨，而力河則是吞了吞口水。

「再兩杯，再來兩杯，我的狗也要吃。如果有的話，也給點麵包或肉。」

「肉，沒有。麵包，有。」

胸部再次打開，出現兩個紙杯跟圓麵包。

「妳真是太棒了，我可能會愛上妳，真想用力親妳一下。」

「別吧！被你親到，那機器人也太可憐了，所有功能可能會停擺，別把這麼棒的機器人變成一團廢鐵。咦？這是什麼？」

力河的嘴唇離開紙杯，皺起眉頭。

「味道好淡，跟白開水沒兩樣嘛！還有這個麵包……什麼味道也沒有耶！」

「這是病人餐，別抱怨了。隨手就有熱湯跟麵包，不愧是NO.6，這在西區簡直是夢幻美食，對吧，紫苑？」

「嗯，很好吃。」

並不是因為借狗人這麼說才這麼回答，是真的好吃。

這個美味可以媲美逃出NO.6那一天，以及奇蹟似的從蜂的寄生生還那一天，老鼠煮給我喝的湯那種濃厚風味。

滲透到體內，滋潤心靈，讓生命復甦。只是喝了一杯湯，就確信明天能活得

下去。

啊啊，好喝。

老鼠，睜開眼睛，睜開眼睛喝一杯熱湯吧！再一次用那雙充滿生氣的眼眸望著我吧！

「唔……」

老鼠動了動。紫苑的目光望著從肩膀到胸口包裹著的白色繃帶。

「老鼠，老鼠。」

出聲試著叫他。

帶著祈禱的心，出聲呼喚過去曾叫過千百次的名字。老鼠的睫毛微微顫動。

「麻醉還沒退吧，不會那麼快清醒啦！不過……嗯……這個跟惡魔沒兩樣的小子像這樣乖乖躺著，居然看起來像天使，真是不可思議。」

力河感慨頗深地喃喃自語著。

「嘿，你還沒得到教訓嗎，大叔？過去被這小子騙過多少次，吃過多麼慘痛的虧，你都忘了嗎？」

「就算沒被外表騙，我也吃了很慘痛的虧了，從伊夫、從你身上都有。」

力河嘆氣。

「我這一輩子是不是逃離不了被傲慢的臭小鬼耍得團團轉的命運呢？啊啊，光想就沮喪，不喝酒實在受不了。喂，亞莉亞小姐，我想妳應該沒有酒吧？」

「酒，酒，酒。無法理解。無法分辨。」

「酒精啊，酒精，我想要咕嚕咕嚕喝一杯。」

「有滅菌用酒精，有殺菌用酒精，有清潔用酒精。你需要哪一種？你需要哪一種？」

「都不需要，滅菌、殺菌、清潔的都不需要。真是的，沒用的廢鐵公主。」

力河咋舌。

借狗人撇向旁邊偷笑，紫苑也不自覺地翹起嘴角，而力河則面露苦笑。三個人坐著環視彼此，笑了好一陣子。

「不過，你們還真能回得來。」

笑聲停歇後，借狗人同樣以感慨的口吻這麼說。

「嗯，是啊，我自己也這麼覺得。」

「而且還把監獄變成那樣，帶了個大禮物回來。老實說，我稍微對你們改觀

了，心想怎麼可能……真的覺得怎麼可能。你們還利用垃圾滑槽逃出來，我一直以為不可能……」

「都是託你跟力河大叔的福。」

「託我們的福……嗎？吶，紫苑。」

「嗯？」

「你完全沒想過嗎？如果我們不在垃圾收集場呢？或許我們根本沒去，也或許我們去了，但是早逃走了，這你完全沒想過嗎？」

聽到借狗人的疑問，紫苑在瞬間詢問自己的心。

有嗎？

詢問，然後回答。

「沒想過。」

他凝視著借狗人的眼睛，說：

「完全沒想過，我深信你跟力河大叔一定會等著我們。不光是我，老鼠應該也這麼相信，他一定也這麼相信。」

「還真是樂觀的傢伙。我們呢……大叔的情況我是不知道，不過我可沒欠你們什麼恩情，沒必要一定要等你們回來。」

「我也是，也許有怨恨，但絕對不可能有恩義、人情之類的東西。」

力河再度咋舌。

「我可要先說清楚喔！紫苑。」

借狗人伸出尖銳細小的手指說：

「別以為我會平白無故插手這麼危險的事，你們倆欠我人情，是欠我的喔！我會加上高利貸叫你們還來，作好心理準備吧！」

「我也會寫帳單給伊夫，怎麼說我也拿出了很多錢來，至少要把他手邊的錢回收回來，否則我怒氣難平。」

借狗人和力河彷彿說好似的，都裝出了困擾的表情。紫苑忍住笑意，乖乖地點頭。

無論要求什麼利息都可以，無論收到再怎麼離譜的帳單都無妨，他們真真實實有等待，在生與死交錯的清掃管理室裡，深信紫苑和老鼠會生還，一心一意地等待著。

緊咬下唇。

沙布也等待著。

等待著紫苑。

並不是為了告別，而是為了一起逃出來，等待著他。

然而他卻無法回應。

無法像借狗人、像力河一樣回應她。

「吶，紫苑。」

借狗人抱膝，身體靠近紫苑。

「西區會變成怎樣呢？」

「西區嗎……」

「是啊。NO.6看來已經快整個瓦解了，監獄也崩毀了，連關卡都被炸飛，說不定連那道牆壁，那道區隔西區與NO.6的牆壁也會崩塌……吧？」

「是啊，應該說那種可能性很大。」

借狗人倒抽一口氣，身體輕微畏縮，繼續說：

「萬一真發生那種事，西區的居民會怎樣呢？他們該如何跟過去視自己為螻蟻的傢伙們接觸呢？宣洩怨恨嗎？爭先恐後地湧進NO.6嗎？戰爭嗎？逃竄嗎……他們會怎麼做呢？一想到那些……我就覺得有些暈眩。」

「嗯……」

借狗人說得一點也沒錯。暈眩。

無法想像。

牆壁拆掉後的世界。

那裡會出現什麼呢？

不可能只有和平與解放。盤旋在西區的怨恨與氣憤的狂風，會如何吹進NO.6呢？

無法……想像。

「關燈。」

傳來低沉銳利的聲音。

「喂，伊夫你……」

力河啞口無言。

老鼠起身，深灰色的眼眸閃爍著犀利目光。

「關燈，快。」

借狗人的鼻尖蠕動，他跳了起來，衝去關掉電燈。光源被切斷後，黑暗如一張網覆蓋住視野。

「老鼠，怎麼……」

「噓！」

黑暗中，老鼠動了。

他拔掉插在手臂上的所有管子，跳下床，單腳跪在地上。

「安靜，絕對不要動。」

借狗人全身顫抖。

時間流逝，一分鐘、兩分鐘、三分鐘……突然，樓下傳來劇烈聲響：腳步聲、怒吼聲、尖叫聲，然後，是槍聲。

「是治安局，快逃！」

「不准動，否則我就開槍了。」

「逃！快逃！」

「你們這些造反者，全部被逮捕了。」

「殺吧！殺了也無所謂。」

「主謀逃走了，快追，殺了他。」

紫苑只聽到這幾句話。

他蜷伏在黑暗中。

感受著身旁老鼠的體溫與氣息，一動也不動地蜷伏著。

4 熄滅吧！熄滅吧！匆匆的燈火！

明天，又一個明天，再一個明天，
光陰朝著有紀錄的人生的最後剎那，
每天不停地走著。
而逝去的昨天，
不過照映出愚蠢的人們步入死亡的塵土之路，
熄滅吧！熄滅吧！匆匆的燈火！
人生只是會走路的陰影，可悲的演員。
（《馬克白》／第五幕，第五景。）

曾有一度，腳步聲靠近。

似乎有人想要上樓，但是就在槍聲與尖叫聲響起的同時，也傳來物體從樓梯上摔落的聲音，腳步聲消失，再也沒聽到了。不用看也知道發生了什麼事。剛才紫苑飛衝上來的樓梯，現在一定沾滿了某人的血。

不光是樓梯。

地板、玄關和診療室一定也都到處是血，東西散落一地，被破壞了，變成悲慘的狀態。也許還有屍體。

醫生呢？

救了老鼠一命的那個醫生有沒有危險？

「不要動！」

老鼠按住他的手臂。

「現在還不能動。」

彷彿被這一句話束縛住，不論是紫苑、借狗人還是力河都屏息，身體僵硬。連狗群都只有在聽見腳步聲時低聲嗚吠，其餘時候都匍匐在地，如同石塊一樣一動也不動。

一分鐘、兩分鐘、三分鐘……

「還NO.6自由！還我自由！」

響起無法分辨是男聲還是女聲的高亢尖叫，隨即又從窗外傳來毆打聲音與怒罵聲。

一模一樣。

紫苑握緊拳頭，手心滲汗到已經感覺有濕意。

一模一樣，跟西區的「真人狩獵」一模一樣。在厚厚的雪雲密佈那天目睹到的殘虐，如今也在這裡上演著。

在牆的內側是秘密進行，在牆的外側則是堂而皇之，差別只有如此。

手心大概有無數道傷口吧！汗水滲透進去，感覺有點痛。汗水從臉頰滑落，流進了嘴裡。

在NO.6內側時感覺不自在，無法呼吸，彷彿被迫穿上了不合身的衣服，有種異樣感。可是被老鼠救出去，開始在西區生活之前，在有機會從外側眺望NO.6之前，要忍受那樣的異樣感與苦悶其實也並不難，甚至對於NO.6的清潔與富裕的生活感到舒適。沒錯，是那麼覺得，而且理所當然地享受那分舒適，幾乎沒有意識到治安局的存在。就算沒有意識到也能過日子，表面上平穩，沒有任何異狀地過日子。

那是何時的事情呢？

下班後，紫苑推著腳踏車穿過公園。在公園內，只要不超速，並沒有禁止騎腳踏車，可是春天的夕陽很美，所以他想散步。

天空分為深桃紅色、紅色與胭脂紅。落日照耀下，飄浮在天上的白雲彷彿鑲著金邊。甜美的花香與嫩葉的清爽氣味交雜在一起，籠罩著來來往往的人們。

「啊，今天一天也結束了。」

「是啊，很舒服的一天。」

「一切太平。如何？在今天結束之前，去享用一頓美食佳餚吧？」

「哇啊！聽起來不錯，很棒的點子耶！」

不知道是情侶？夫妻？或是志同道合的夥伴，一對年輕男女輕鬆交談的對話傳進紫苑耳裡。

啊，一點也沒錯，今晚非常適合跟談得來的人一起享用美食，端起葡萄酒杯乾杯。

這樣的想法讓紫苑的疲勞與空腹感也變得愉快。

一切太平。

潛伏在那一天之下的東西，紫苑跟那對男女都沒有察覺。幾乎沒有人察覺。那不是因為春宵的關係，即使在盛夏之日、冷雨之晨、秋風夕陽時，還是一直一直沒有人察覺。

大部分的市民應該不會關心治安局，也對它沒有興趣，更不可能想到只要他們對NO.6發出一點點的懷疑，就會被如此可怕地對待。他們應該認為治安局是保衛、維護他們安全的組織，為了他們而存在的組織。並且深信──

「NO.6是為了市民而存在，為了保障市民富裕且舒適的生活而存在，不允許任何人威脅市民的安全、生活與生命。」

這個《市民憲章》的條文，市民認為NO.6會完全履行，於是在不知不覺中付出了所有的信賴與委任。

結果卻是這樣。

汗水滲入了傷口。

老鼠的手還按著紫苑的手臂。

如果結果是如此，老鼠，我們是在什麼地方犯了什麼錯呢？你知道答案嗎？

不，跟你無關，應該要知道的人是我，是生為NO.6市民、接受NO.6恩惠，對牆壁內外毫不關心地活著的我自己本身。是不願意面對抵抗潮流的困難，只願隨波逐流、選擇安逸的我才必須去找出來的答案。

我很清楚，遇見你、跟你交談、與你一同生活的那些日子教會了我，我必須自己去找出答案，而不是等待別人替我準備答案。

不是別人，是自己。

如果不這麼做，將會重蹈覆轍。

「目標並不是我們。」

傳來借狗人抖動鼻子的氣息。

「我還以為……那個醫生把我們的事通報出去了……看來不是。」

「嗯，不是，並不是。」

你們這些造反者。

治安局職員們這麼說。襲擊的對象並不是紫苑他們，而是其他人，是醫生跟那個叫楊眠的男人。

借狗人再度抖動鼻子。

「老鼠……應該可以了吧？」

「再等一下，還太早。」

「嘖，你還是這麼小心翼翼。」

一分鐘、兩分鐘、三分鐘……

「喂，老鼠。」

「別那麼急性子。不過……嗯，應該沒事了，可是先別開燈，保持這樣的狀態安靜移動。」

老鼠將門推開一個小縫，輕聲吹口哨，哈姆雷特從紫苑的口袋裡探出頭，隨即跳下地板，直接從門縫跑出去。

吱！吱！吱吱吱。

吱！吱！吱吱吱。

不久，傳來輕快的鳴叫聲。

「好，我們下去吧！為了以防萬一，別坐電梯。」

老鼠迅速披上超纖維布，動作輕巧地走出走廊。

「那傢伙是怎麼回事啊？」

力河目瞪口呆，在從走廊透進來的光線下看傻了。

「不是直到剛才還昏迷著嗎？還是那也是演技？他在扮演垂死的王子嗎？」

借狗人聳聳肩回答：

「不是王子，是野獸，他跟野生的野獸一樣啦！一感覺到危險就無法安心睡覺。真是的，居然比我的鼻子更早聞到治安局那些傢伙的味道，一點都不好玩。」

「原來如此，伊夫那小子能苟延殘喘到今天的原因我終於明白了，原來他是第六感這麼靈驗、這麼如履薄冰的小子。」

「又更愛他了嗎？大叔。」

「對他改觀，知道他不是簡單的人物而已。」

人、狗和小老鼠一步一步戰戰兢兢地下樓。轉彎處積了血，而流出這些血的當事人——一名四、五十歲的男人仰躺在樓梯下方。

如同紫苑所想像的，樓下一片悽慘。牆壁和地上血沫四濺，玻璃破了，家具倒了，到處都沾滿了泥土與血跡。走廊盡頭的青灰色門半開著，裡面漆黑，可能有地下室吧，飄蕩著冰冷的空氣。

有一名年輕男子靠著那道門，他的腳邊是護士，醫生則是橫倒在離他們幾公尺的地方，三個人都一動也不動。

「醫生！」

紫苑跑過去，抱起醫生。白袍的胸膛已經染上了鮮血。

「醫生，振作點。」

然而這番話只是徒然。

醫生明顯快死了，已經沒救了。

「醫生，醫生，請睜開眼睛。」

即使徒然，也要呼喚。這是他僅能做的事。

診療室的門開了，亞莉亞出現，大概是搭乘直達電梯下來的吧！

「生命跡象，無。生命跡象，無。生命跡象……微薄，微薄。」

醫生的眼睛緩緩睜開。

「生命跡象，微薄。開始治療。」

亞莉亞的胸膛伸出幾條管子，接到醫生的身體上。

「亞莉亞……不用了，我已經沒救了……」

「沒救，沒救……無法辨識。繼續治療。」

「醫生，這是……為什麼會發生這種事？」

「……我跟同伴們……從醫院的地下室……播放號召……呼籲市民推翻NO.6……」

醫生的嘴角流出一道血。

「生命跡象，微薄。痊癒的可能性百分之一，百分之一。」

「我想報復，報復……NO.6……」

「醫生。」

「我想要……破壞這個世界……創造一個新的世界。」

驀地，醫生的手指緊緊抓住紫苑的手臂。

「紫苑。」

他呼喚，那聲音強而有力。

「託付給你了。」

他瞪大雙眼凝視著紫苑。

「就託付給……你們了。拜託，不要再創造……NO.6……不要再創造……

這樣的都市……拜託，交給你們了。」

醫生的手鬆開了。他的眼眸失去光芒，彷彿覆上一層膜，接著全身痙攣。

他走了。

「生命跡象，微薄，微薄。無法測量，無法測量。中止治療。」

「醫生……」

紫苑將他放在地上，伸手蓋上他的雙眼。閉上眼睛後，醫生的臉看起來溫和且平靜。

「交給我們？」

借狗人嘆了很長的一口氣說。

「建造NO.6的人是你們，結果變成這麼反常的模樣，現在隨口說要託付，這樣讓人很困擾耶。喂，你這樣是不是太自私了，醫生？不過反正跟我也沒關係。」

「借狗人，你對著死人發什麼牢騷，他什麼都聽不到了，真可憐。」

力河在胸前交叉手指，並垂下頭。

「你那是在做什麼？」

「向神明祈禱啊！有眼睛的人都看得出來吧？神啊，請赦免罪孽深重的人類，請賜予死去的靈魂安詳。」

「呵，明明根本不信神的人，還會這一套啊？啊啊，對了，你信財神爺。」

「嘖，臭小子，別老愛講那種氣死人的話。等到這混亂的局面告一段落，我一定好好修理你，你給我記住。」

力河鬆開手指，用力轉身。

「接下來呢？你打算怎麼做？破壞監獄這個大目標算是達成了，就我個人而言，我希望能直接返回西區，躺到我自己的床上，最好能作到在監獄地底下挖出金塊的夢，好好睡一覺，那麼明天早上醒來我一定身心舒暢。光想就很愉快。」

「大叔，你再怎麼諷刺，老鼠也不會回應你啦！與其對牛彈琴，跟死人發牢騷還比較來勁呢！」

借狗人彷彿看到什麼笑話似的大笑。

「不過說實話，我也想回我的窩，有許多放心不下的事……而且，待在N0.6總覺得毛骨悚然，有股不寒而慄的感覺，很不舒服。紫苑，你也想快點回家，對吧？從這裡到你家應該不遠，你媽媽在家裡等你，不是嗎？」

「是啊……」

從這裡用走的就能回到家。

「你想見你媽媽吧？」

「是啊，很想。」

「火藍啊，我也很想見她。」

力河感嘆地喃喃自語。

媽媽，妳一定很擔心我，我想讓妳看見我健康的模樣，想讓妳看見我平安無事的模樣，我要向妳懺悔，發自內心向妳道歉。媽媽，對不起。

對母親的思念與牽掛突然湧現，想起剛出爐的麵包香。好思念，好牽掛，好想見媽媽。

但是，我想回去的地方只有一個，就是那個堆滿書的地下室，只有大量的書籍、床、暖爐與老舊椅子的那個房間。

好想回去。

紫苑心存渴望。

好想回到在那個房間裡跟老鼠一起度過的日子、度過的時間。如果能回到那個時候，就沒有任何遺憾了。

可是，回不去了。

那些日子已經過去，再也回不去了。

回不去……

有種預感，幾乎是確信的預感。紫苑故意忽視那樣的預感，他充分了解那是自己脆弱的證明，所以選擇恍若未聞。

他站起來，與老鼠面對面，問：

「能動嗎？」

「勉強可以。」

靠著牆壁的老鼠挺起身，用力吐了口氣，額頭上佈滿薄汗。

「亞莉亞，請測量他的血壓、脈搏跟體溫，然後可以告訴我適當的治療方法嗎？」

「好的，了解。開始測量血壓、脈搏、體溫。開始測量。」

「不需要。」

老鼠搖頭拒絕。

「多此一舉。」

老鼠揮開亞莉亞伸出來的管子，再一次吐氣。

「小姐，很抱歉，我要婉拒治療，我沒有那個時間。」

亞莉亞眨了眨眼，眼睛的顏色變成黃色。

「婉拒，沒有時間，無法理解，無法理解。中止測量。」

「老鼠，你打算去嗎？」

「對。」

借狗人跟力河面面相覷。

「去？要去哪裡？」

力河問。借狗人則是皺著眉，沉默不語。

「市政府。」

「市政府？『月亮的露珠』嗎？」

「對。」

「對？你們知道現在『月亮的露珠』周邊的情況嗎？是，我也不知道……不過肯定掀起了很大的騷動，治安局光明正大而且不擇手段地逮捕市民，甚至射殺。

而且監獄變成那個樣子，市府方面當然已經收到通知了，我猜市民們很快也會知道，現在的NO.6已經沒有完全封鎖情報的能力了吧！如果是這樣，那麼會更加混亂，或許會演變到無法收拾的地步。」

「所以我才要去。」

老鼠臉上浮現淡淡的笑容。

老鼠可以操控很多種笑法，現在臉上露出的是帶著諷刺的冷笑。

「能觀賞到NO.6走上末路的表演，可是一輩子只有一次的機會，不是嗎？動作不快點，可能連站席都搶不到喔！」

「拖著你那個身體嗎？太勉強了，伊夫。也許你的確比外表看起來還要強壯，可是你到底還是人類，有極限的。算了吧！就算我們不去觀賞，NO.6還是會演好主角的，它一定會扮演好『自行垮台的可悲巨人』這個角色。」

「你要我放棄這個千載難逢的機會，夾著尾巴回去嗎？」

「對。你們已經破壞了監獄，不用說，這絕對是讓NO.6崩毀的導火線之一，很厲害了，不是嗎？已經夠了，太足夠了。伊夫、紫苑，收手吧！接下來的事情就順其自然，你們就退回幕後吧！」

「謝謝你的美意，不過當幕後人員不合我的個性，捨棄已經到手的機會也不是我會做的事。」

「你怎麼這麼貪心呢？你聽好，不管幾次我都要講：你們的角色已經結束了，沒必要不惜賭上性命也要站上舞台吧？」

紫苑站到力河面前，搖頭對他說：

「力河大叔，我們一定要去，無論如何都必須去。」

「紫苑，怎麼連你也這麼講？為什麼？為了什麼原因？你們好不容易才從監獄逃出來，為什麼不肯退回安全地帶？就這麼不珍惜生命嗎？」

「我們不是為了送死而去，是因為能阻止愛莉烏莉亞斯的人只有他。」

「愛莉烏莉亞斯？」

力河的黑眼珠露出困惑。

「那是什麼？人的名字嗎？」

「過去統治這塊土地的女王的名字。不，『女王』這個詞可能不太恰當，她不像人類，她並不想支配或是壓榨其他生物，只是守護分布在這片土地上的森林倫理與大自然的生生不息。」

「紫苑，你……你在說什麼？」

力河端正姿勢，一道汗水沿著鬍鬚亂長的下巴滑了下來。

「人類——想在此地創建ＮＯ．６的人類入侵愛莉烏莉亞斯的世界，企圖統治一切，於是他們燒掉森林、殘殺森林子民，盤算著建造只有他們自己的世界，在這塊土地上建造一個只有自己富裕，只有自己安樂與繁榮，不跟其他地方交流，犧牲了別人成就的理想都市。」

「紫苑。」

老鼠呼喚。那是寧靜、優美的聲音。

「你全都知道了？」

「不，我想我了解的應該只是一部分，因為我只不過看了老給我的晶片而已。」

老鼠坐了下去。邊坐邊喃喃說著「原來如此」。

「喂，講清楚。你們說的話我完全摸不著頭緒，一頭霧水。那個叫做愛莉烏莉……什麼的傢伙跟ＮＯ．６現在的慘狀有關嗎？只有伊夫能阻止她是什麼意思？紫苑，詳細告訴我。」

「我也想好好了解一下。」

借狗人輕輕咋舌。他雙手各提著好幾個袋子。

「回來了？你去哪裡了？那些是什麼？」

「穿的跟吃的啊！只吃沒有味道的湯跟麵包實在提不起勁，而且要去看戲的話，如果不稍作打扮，不是連站席都進不去嗎？」

借狗人從袋子裡拿出肉塊和圓麵包丟給狗群。狗兒們不發一語衝過去，小老鼠則接住滾過去的圓麵包，肩並肩啃食著。

「好，吃吧，盡情吃吧！這次你們幫了很大的忙，做得很好，這是給你們的獎勵。呵呵，不愧是NO.6，連在這麼偏僻的醫院裡，廚房都有吃不盡的美食，還有看起來這麼高級的衣服。呵呵，呵呵呵呵，這些可都是好東西，拿回西區一定能賣到好價錢。」

「你來這裡還幹這些偷雞摸狗的事？」

「又有什麼關係？反正醫生都死了，死人不需要食物也穿不到衣服啊！」

「嗯……是沒錯。喂！給我火腿、麵包，還有那件藍色的褲子拿來。」

「銀幣一枚拿來，我就賣你。」

「借狗人，你這小子，以後別想搭我的車子了，你自己走回西區。」

「開玩笑，我只是開玩笑啦！真是的，一點幽默感都沒有，就是這樣才會被女人騙。好了好了，吃吧！填飽肚子，填飽肚子囉！」

借狗人把袋子反過來，火腿、蘋果和麵包滾落一地。

「一邊開派對，一邊聽紫苑老師說故事吧！聽起來似乎非常有趣。」

長長的劉海下，借狗人的雙眸閃閃發亮，桃紅色的舌頭舔了好幾次嘴唇。

「說不定他會告訴我們老鼠的底細，呵呵呵，這個好，對我而言，這個比NO.6主演的連續劇還更讓我有興趣。」

紫苑拾起一顆蘋果，問：

「老鼠，能吃東西嗎？」

「不吃了……我沒食慾。」

「說的也是。亞莉亞，麻煩給他葡萄糖液。」

「了解，了解，為患者注射葡萄糖液。」

「我想被注射葡萄酒。」

「喝葡萄汁充充數吧！冰箱裡有兩瓶。」

借狗人將紫紅色的瓶子遞給力河。

「好了，紫苑，都準備好了，把你知道的事情一五一十地告訴我們吧！」

桃紅色的舌頭再度舔了舔嘴唇。

紫苑拿著蘋果，望著老鼠問：

「老鼠……可以說嗎？」

老鼠微微點頭回應。他彎起雙腳，將臉埋在手臂裡，看起來像在哭，也像在忍耐吹來的風。

紫苑咬了一口蘋果。

酸酸甜甜的果汁在嘴裡擴散。

借狗人雙手抓著麵包跟火腿，力河則是緊握著葡萄汁的瓶子，傾身向前。

借狗人跟力河為了他們不顧生命危險，幾乎什麼都不知道就為了紫苑與老鼠出生入死。那也是一種信任，拿性命作賭注的信任。如果不將所有事情攤在他們面前讓他們了解，就無法回報，也無法回應他們兩人的決心。

老鼠應該也是這麼想。

紫苑開始訴說。

關於NO.6的創建過程，我想應該沒有再重複的必要吧！人類試圖在這顆遭到人類半破壞殆盡的行星上，再創造一個桃花源。

在NO.6誕生之前，這裡奇蹟似的還保留著地球上僅存的豐腴、美麗的森林地帶。雖然說是奇蹟，但那並不單純只是偶然，而是這塊地是「應該要留下而被留下」的森林與湖泊之地。應該要留下而被留下……沒錯，這裡是愛莉烏莉亞斯與「森林子民」長久以來守護的世界，因為有她的存在，這片土地的大自然才免於被人類破壞。

誰也無法說明愛莉烏莉亞斯是誰，連愛莉烏莉亞斯這個名字都是後來的一位學者取的……我遇見了那個人，在監獄的地底下。

「你說在監獄的地底下？」

力河喝果汁嗆到，不停咳嗽。

「監獄裡果真有地底下嗎？」

「有。」

「金塊呢？沒有金塊嗎？紫苑。」

「金塊？沒有，地底下有住人。在監獄還沒變成像今大這樣殘虐、警備森嚴的收容設施時，有一群好不容易逃脫卻無法回到地面上來的人，在那裡秘密建造了地底世界，他們的領袖就是那個名叫『老』的人。」

「……果然沒有金塊嗎？」

力河看起來非常沮喪，彎腰駝背。借狗人露出牙齒笑著。

「『老』是為了在此地建造NO.6的「再生計畫團隊」的一員。NO.6誕生之前，蒼鬱的森林旁有一個美麗的小鎮，那是好不容易從荒蕪之中殘存下來的人類賴以維生的一座小鎮，後來成為NO.6母體的小鎮。

「那是我住的小鎮。」

力河挺起身軀。

「我生長的小鎮，人們稱那個地方為『薔薇小鎮』，像薔薇一樣美麗的小鎮。火藍也是那裡的居民。」

「大叔，別插嘴。」

借狗人再度齜牙咧嘴。

「如果你再吵，我會咬斷你的脖子。」

「有種來啊！我會反過來咬斷你的脖子，繼續喋喋不休。嗯，嗯，『再生計畫團隊』是吧？嗯，我聽過，就在我還是滿臉青春痘，看到女孩子的腳踝、背影會眼睛發直的毛頭小子時，曾舉辦過選拔考試，說什麼為了人類美好的未來，要召集科學能力強的年輕人之類的。嗯，對，就是那個。」

力河雙手環胸，用力點頭繼續說：

「那就是NO.6的起源啊！對，那之後沒多久，人類第六座最棒、最完善的理想都市NO.6就誕生了，而且隨即發展起來。」

「然後等到察覺時，大叔你們這些沒用的人就被趕出牆外，對吧？真是可憐。」

「借狗人，你真的很吵耶！哪天我一定把你的長舌拔下來做絞肉。當時我剛當上記者，覺得這種用牆壁將自己圍起來、建造明顯邊界的都市國家很可疑，於是寫了幾篇相關的報導，會被趕出去是理所當然的。從那時候開始，NO.6嚴苛而獨裁的味道就愈來愈濃厚了。」

正是如此。

NO.6以驚人的速度發展，都市機能、行政組織以及統治體制迅速且巧妙地一一成立。正當這個時候，老遇見了愛莉烏莉亞斯。

愛莉烏莉亞斯究竟是什麼，老也無法講明白。

是森林的精靈？還是對人類而言是未知的生物……？

可以肯定的只有一點，那就是愛莉烏莉亞斯早在人類誕生的遙遠以前就存在於此地，守護著此地，森林子民崇拜她、尊敬她，與她共生共存。

「喂，你從剛才就一直在講的『森林子民』究竟是什麼？」

「我就說你很吵，不能安靜聽別人說話嗎？真是的。」

借狗人很故意地嘆了口氣。

紫苑回頭，望著靠著牆壁的老鼠。他緊閉雙眸的側臉很美，卻很不真實。

「葡萄糖液，百分之五十注射完畢。百分之五十注射完畢。繼續注射。」

亞莉亞的眼睛閃著綠光。

老鼠什麼也沒說，依舊緊閉雙眸，一動也不動。

根據老鼠所說，「森林子民」是以森林為家的一群人，自遠古時代起就跟風、大地、湖水、天空和諧相處過日子的人們。

借老的話來說……他們是生於森林，活在森林，長久以來善用森林資源，尊敬並且守護森林，不期盼繁榮與發展，在大自然的倫理中靜靜生存下來的一群人。甚至連「薔薇小鎮」的居民都沒人知道他們的存在。

這個地方能夠保留著茂密的森林，不單是愛莉烏莉亞斯的力量，同時也是因為森林子民長久以來的守護。在漫長的、漫長的歲月中，矢志不移地守護森林。

老鼠就是森林子民的後裔。

借狗人顫抖了一下。

力河手上的果汁空瓶掉落地面，滾動撞到橫躺在地的醫師手臂，停了。

老鼠是森林子民的後裔。

同時也是「歌者」的後裔。

「歌者？」

「對，『歌者』。森林子民當中通常都會有幾個人具有平息愛莉烏莉亞斯的怒氣，擁有與愛莉烏莉亞斯對話的能力。」

森林子民們知道。

不論是愛莉烏莉亞斯或大自然，並不是只會給予恩賜、充滿慈愛的存在，相反地，她們是很恐怖的存在。

她們會突然露出獠牙，發動攻擊，那個力量是絕對的，並非人類所能敵，所以很可怕。

沒錯，森林子民們知道畏懼，懂得畏懼與尊敬。而「歌者」的歌聲能夠平息愛莉烏莉亞斯的怒吼，與她交談。他們擁有周旋人類與大自然的能力，老鼠以及他母親都有。

老進入森林深處，遇見了森林子民與愛莉烏莉亞斯，於是向ＮＯ.６報告了他們的存在，完全沒有想到因此種下了「麻歐大屠殺」的因。

「麻歐大屠殺？」

力河攏起濃眉問。

「對。『麻歐』好像就是指森林子民居住的湖畔那一帶，他們在那裡建造了大部落居住，就是現在的機場那附近。原來那座機場是填湖建造的，我連這種事都不知道……」

「我也不知道，機場建造的那個時候我已經被掃到外面去了。不過，你說屠殺……也就是說NO.6襲擊麻歐，把居民全殺光了嗎？」

「是的。」

「為了什麼？想要建設機場的土地嗎？」

「不，他們真正想要的是愛莉烏莉亞斯。」

「為了什麼？」

為了什麼？

力河重複相同的問題。

為了什麼？為了什麼？到底為了什麼？為了什麼，人可以變得如此殘暴、如此冷酷？

紫苑低頭看著醫生的遺體。軀體早已失去人的體溫，變成了一具冰冷的遺骸。另一邊是護士，再過去則是不知名的男子躺在地上。

為了什麼，可以這樣隨隨便便奪取別人的生命？

短暫閉起的眼眸前浮現「真人狩獵」的景象，耳中聽見被擠進卡車後車廂裡的人們的喘息聲，在監獄的地下被疊在一起斷氣的每一個人的尖叫聲也重現眼前。

為了什麼？

不是憤怒，而是一種不可思議的念頭盤旋在紫苑的腦海裡。還有恐懼。

自己跟高居NO.6中樞的人差在哪裡？

老不是說了嗎？每個人都年少氣盛，抱著建設理想都市的希望。

幾十年，不過幾十年，希望與理想都變質了。只不過幾十年……

紫苑吞下嘆息。

幾十年後，我會變成怎麼樣呢？十六歲的現在，胸膛裡懷抱的希望與理想能堅持下去嗎？會不會以某種形式，成為跟這場屠殺有關的某人呢？

恐懼到全身顫抖。

為了什麼想要愛莉烏莉亞斯？

因為想要愛莉烏莉亞斯所擁有的特殊能力。

「特殊能力？」

借狗人半張著嘴，凝視著紫苑。

「對，愛莉烏莉亞斯有蜂的樣子。」

「蜂？那個在花上嗡嗡嗡的昆蟲嗎？」

「那是蜜蜂，愛莉烏莉亞斯是寄生蜂，會在宿主的體內產卵。」

借狗人的嘴巴張得更大了，驚訝到說不出話來。

產下的卵會在宿主體內孵化，在宿主不知道的情況下成長，變成蛹，最後羽化成為成蟲。然後衝破宿主的身體，飛出外界，留下變成空殼的宿主。現在在NO.6裡引起騷動的就是這個。

愛莉烏莉亞斯的孩子們接二連三羽化，那些孩子們是以NO.6的居民為宿主而長大。

剛才我說愛莉烏莉亞斯有蜂的樣子，不過，愛莉烏莉亞斯當然不是蜂，沒人知道她真正的模樣，根據老的紀錄，他認為可能是存在於人與神之間的什麼。所以她……由於會產卵，因而稱呼為「她」，可是我覺得雄、雌、男、女這樣的區分並沒有什麼意義。她會有蜂的樣子，也許單純只是便於產卵在宿主身上，也許只是看在人類的眼裡是蜂而已。

她有深不可測的智慧，遠遠超越人類，而且她具有很強大的能力，一種可以完美掌控宿主的能力。

那股力量會讓被產卵的宿主完全沒有察覺自己被寄生，並且還會控制宿主做出對愛莉烏莉亞斯的孩子最有利的行為，譬如：提升預知危險的能力，對補給營養很敏銳、不惜各種努力來維持健康的身體，個性變得穩重、遠離糾紛。就這層面來想，就能理解為何只有NO.6的居民會被寄生。從西區居民的營養狀態與惡劣的環境來看，完全無法成為宿主。老鼠以前曾說過寄生蜂是美食家，一點也沒錯。

「真諷刺。」

借狗人喃喃地說：

「挨餓、受凍，不知道何時會死……西區的居民卻因此可以不被寄生。」

「在羽化之前，宿主要確實活著，而且必須是完全健康的狀態，這是產卵的絕對條件。雖然愛莉烏莉亞斯擁有強大的力量，不過似乎也無法將西區變成一座樂園，因為也沒那個必要。」

「因為NO.6裡到處都是最適合的宿主。」

「沒錯。」

「蜂控制了人類嗎？」

這次換力河開口。他反覆著急促的呼吸。

「對，照自己的希望控制人類。不過，有寄生能力的生物並不稀奇，某種血吸蟲會欺騙人類的免疫系統，讓免疫系統認為牠們無害；某一種寄生蜂會在毛蟲的細胞裡注入自己的遺傳因子，破壞毛蟲的免疫系統。可是像愛莉烏莉亞斯這種以人類為宿主，可以完美控制到讓宿主完全沒察覺的高等寄生生物，我想絕無僅有。」

「……NO.6想得到那個力量，那個可以完美控制並統治人類的力量。」

力河吞了口口水，發出如枯葉掠過的聲音說。

ＮＯ．６企圖擁有——

擁有愛莉烏莉亞斯的能力。

想要拿從老的調查報告中得知的神秘力量，來建造、統治組織。

愛莉烏莉亞斯的生態雖然還是一團謎，可是ＮＯ．６的某個人卻認為她不過只是昆蟲，不過只是蜂的突變種而已，他並不像老一樣，認為愛莉烏莉亞斯是介於神與人之間的存在。沒有人這麼認為，因為他們深信在大自然裡不會棲息著比人類更優等的生物。

愛莉烏莉亞斯不過是昆蟲，只是擁有高度智慧的女王蜂而已。那麼，只要馴養，就能輕而易舉地隨意操控。他們如此確信。

為了捕捉愛莉烏莉亞斯，他們成立了調查隊，深入森林，在那裡遇上了森林子民頑強的抵抗。

愛莉烏莉亞斯並非經常棲息在森林裡，而是幾年或幾十年才會突然出現一次。要具備怎樣的條件，她才會出現？出現後何時產卵？可以生長到何時？這些都是謎。產卵後，愛莉烏莉亞斯就會消失，從人類面前消失，而產下的其中一顆卵將會孵化出新的女王蜂，但是在幾年後或幾十年後，沒有人知道。

只不過，從來沒人見過愛莉烏莉亞斯的屍體。從這塊土地上出現森林開始，愛莉烏莉亞斯就生活在此，然而，卻完全沒有人看過愛莉烏莉亞斯的屍體。

森林子民間傳說愛莉烏莉亞斯是不死的，會不斷再生。另一個傳說則是愛莉烏莉亞斯的骸骨會在人眼看不到的地方腐朽，變成森林的一部分。

當愛莉烏莉亞斯出現時，森林子民會唱歌使她安靜，祈禱並懇求她不要選擇他們當作宿主。他們舉行祭典，奉上「神床」。「神床」是用動物的腦所製成，也就是類似人工宿主的東西，是為了讓愛莉烏莉亞斯產卵的供品。愛莉烏莉亞斯會在歌聲的引導下，在「神床」產卵。「神床」在愛莉烏莉亞斯產卵後並不會腐爛，也不會乾枯，會一直保持適當的水分與鮮度，不過一旦蜂羽化就會同時腐壞。

對，一模一樣，跟被寄生的人類在蜂羽化後會立刻老化至死一樣。

森林子民會盡心盡力守護「神床」，那是他們跟她的約定，萬年不變的定律。只要森林子民守護著「神床」，愛莉烏莉亞斯就不會加害他們。不光他們，同時也會保護森林的土地。

那是定律。

可是NO.6入侵那裡，奪走了一切。

他們燒掉了奮力抵抗的森林子民的部落，不分男女老幼一律趕盡殺絕，還把「神床」帶回NO.6。

麻歐大屠殺。

森林子民就這麼滅亡了。

那不過是十二年前發生的事情。

紫苑用力吸了一口氣，又吐了出來，彷彿不這麼做，空氣就無法進入到身體的每一個角落。

「接下來不是老的紀錄，而是我的推測，不過我想應該跟事實相差不遠。」

力河傾身向前，看起來很想聽的樣子，反倒是借狗人後退，彷彿聞到無法忍受的臭味似的緊皺眉頭。

「NO.6高層試圖用科學的方法孵化帶回去的『神床』，也就是愛莉烏莉亞斯的卵，可是失敗了。沒有『歌者』的他們無法維持『神床』，然而他們並不在乎，而且不承認任何沒有科學根據的事情。他們多次失敗，不過卻在失敗中讓他們

察覺最適合卵孵化、成長的地方，就是人類的腦。」

「腦？」

力河摸著自己的頭問。

「對，不是牛腦，不是豬腦，不是猴腦，而是使用人腦便能孵化愛莉烏莉亞斯的卵。他們發現其中一隻將會成為女王蜂——愛莉烏莉亞斯。」

「然後呢？他們怎麼做……」

「秘密在幾名市民體內植卵，就跟蜂利用產卵管在宿主體內產卵一樣。只要在定期健檢時說是檢查，要插針易如反掌。他們選出性別、年齡、體格與生活環境都不同的市民為樣本，我就是其中一人。老也被選為宿主，不過那似乎是愛莉烏莉亞斯的意思所致。我們兩個都因為羽化不完全而撿回一命。如果完全羽化，宿主必定死亡，也就是說，愛莉烏莉亞斯的卵可以當作很有效的暗殺工具。總之，NO.6的高層非常想要得到愛莉烏莉亞斯，想盡辦法試圖隨心所欲地支配她。我猜他們也略有感覺了吧，明白NO.6有一天會出現龜裂，也很清楚一小部分人的統治即使再如何巧妙地掩飾，總有一天會出現破綻。正因如此，他們才想要能夠確實控制他人的力量，也可以說他們希望能成為『女王蜂』，渴望成為絕對的、唯一的存在，君臨天下。」

「監獄設置了最新的研究機構，就是為了……研究那個蜂嗎？」

「對，他們無法掌握愛莉烏莉亞斯羽化所需的條件，我想，那是人類再怎麼努力也無法解開的謎團。他們為了解開無法解開的謎團，建造了新的研究設施，那裡有……無數顆被裝在特殊容器裡的人腦，每一顆應該都被植入了卵。」

腦海中浮現了那個畫面——

人腦被裝在圓筒容器裡並排在一起情景，以及沙布被關在最裡面的模樣。

「原來如此。」

力河撫著下巴說：

「如果是在監獄，人腦要多少有多少，沒有比那裡更適合的場所了。」

「好噁心。」

借狗人摀著胸口說。他好像真的想吐，臉色發白，手上的麵包也丟了。

「我肚子餓的時候也吃過幾次路旁的野草跟毛毛蟲，可是這是第一次讓我覺得噁心。什麼叫做『原來如此』？那是怎樣？代表上次的『真人狩獵』是為了蒐集大量人腦嗎？」

「嗯，應該是想用能在那麼嚴苛的條件下存活的人腦來做實驗吧！也許是想要受過各種刺激，譬如強大的壓力、想要活下去的意志、恐懼、興奮等的人腦。」

「嗯……我真的想吐。」

借狗人將頭埋入靠過來的狗背上，抖動著鼻子。

「這些傢伙，真的……真的比人類好上百倍、千倍、萬倍。紫苑，我很慶幸我不是跟人做朋友，而是跟狗做朋友，我真的這麼想。」

「嗯。」

真的，借狗人，狗真的比人類好上百倍、千倍、萬倍，的確會讓人那麼想。

借狗人打了個小噴嚏，吸吸鼻子，問：

「真的嗎？老鼠，你真的是那個什麼森林子民殘存下來的人嗎？」

老鼠抬起頭。可能是因為亞莉亞替他治療的關係吧，他的臉頰已經恢復血色，這才讓老鼠看起來不再像是一尊美麗的人偶，而是活生生、有生命的人。

「對。」

「你從麻歐大屠殺活下來了？看來你從小鬼頭時代起就有很強的狗屎運。」

「算是吧。」

老鼠的眼眸對上紫苑，他直直地承接紫苑的視線。猶豫了好一會兒，老鼠開口了：

「當時我還小，老實說，我幾乎沒有什麼對麻歐的記憶，只記得老婆婆背著我在漫天大火中逃竄，直到現在，我還是不知道那個老婆婆到底是我的親奶奶或只是陌生人。婆婆救我出去，扶養我長大。我們逃離了森林，在現在被稱為『西區』的地方輾轉居住。」

老鼠的口吻聽起來淡淡的，不帶任何感情。

「婆婆教我很多事情，也是婆婆找到那間以前是圖書館書庫的房間當作落腳處。我就在那裡埋入書堆，聽婆婆講著森林子民的事情長大。這幾隻……」

老鼠彈指發出聲音，三隻小老鼠吱吱叫地跑了過來。

「牠們出生在那個房間，是兼具知性與感性的生物。牠們的父母，以及父母的父母也都是。據說森林子民的周圍會聚集這類生物。牠們跟愛莉烏莉亞斯……我們並不是這麼叫她，只是單純叫她『森林之神』。當時我還太小，根本不知道什麼是『森林之神』，我後來才知道這些小老鼠跟『森林之神』都是森林子民，所以能夠彼此聯繫在一起。只是我沒想到，牠們居然跟紫苑很親近，還因為有了名字而歡天喜地。地底世界的溝鼠也是一樣。老實說，我有點驚訝。」
「我的狗也是，居然很順服紫苑，連汪一聲都沒有。」
老鼠靜靜地微笑，說：
「你真是一個不可思議的人，紫苑，第一次遇見你時，我就有這種感覺，覺得你這個人真不可思議。」
「你是說那個暴風雨的夜晚吧？」
「對，第一次跟你相遇的夜晚。不過，現在先回到正題吧！我十歲的時候，監獄的特設關卡完成，市長要來視察。婆婆說這是報仇最初也是最後的機會。報仇，婆婆說那是她苟延殘喘活下來的唯一目的。只是，對一個十歲的小鬼跟年邁的老女人而言，要對付的目標太過強大。藏著小刀靠近市長的婆婆輕而易舉就被射殺身亡，而我被逮捕，跟『真人狩獵』的犧牲者一起被丟進監獄的地底下。沒死算是奇蹟吧！我拚命攀爬岩壁，好不容易抵達了那個洞穴，然後在那裡遇見了老。也許，那也可以算是一種奇蹟吧！老告訴我更多知識，比婆婆說得更多。後來在我十二歲的時候，老命令我離開地底世界，去尋找新世界。當時老跟NO.6的高層似乎還能聯絡，NO.6也會送來最低限度的糧食與生活物資，也許還有點在乎老是過去的夥伴吧！透過那個管道，老要求把我移送到『月亮的露珠』，他提議何不詳細檢查森林子民的倖存者，而市長他們答應了。我猜當時大概是『森林之神』的研究遇到了瓶頸吧！因此只要是能有幫助的線索，他們都會眼睛發亮。移送當天，老交給我一把對金屬感應器不會有反應的特殊小刀，要我拿著那把小刀找出自己的活路。萬一真的被送進『月亮的露珠』，那就是死路一條，甚至還有可能會被解剖，所以我必須在抵達『月亮的露珠』之前脫身、逃亡。那是我唯一的生路。後來……我想就沒必要詳細說明了，總之我逃出來了，在你的幫助下。」

老鼠抬頭仰望天花板，深深地吐了一口氣。

「我之前也說過，那個暴風雨的夜晚，你打開窗戶迎接我。那真的是奇蹟，對我而言，比『森林之神』的存在更像奇蹟。我覺得有人在告訴我要活下去，不要放棄，活下去……如果沒有你，那天晚上我絕對無法活下來。紫苑，是你，就是你救了我。這次也是……」

老鼠緩緩站起來。

「葡萄糖液注射完畢，注射完畢。」

亞莉亞如同一名安分的女孩，靜靜地退場。

「你幫我撿回了一條命。」
「彼此彼此，如果沒有你，我也活不下去。」
紫苑也站起來。
「喂，拜託一下，你們兩個如果要謝，也應該是謝我們吧？對吧，大叔？」
「對，一點也沒錯。伊夫，這個債可不輕喔，先作好心理準備吧！」
借狗人跟力河互相點點頭。
「呵呵，你們兩個還真意氣相投嘛！」
老鼠包上超纖維布，臉上浮現嘲弄的笑意。
「如果能再加上一筆，送我們到『月亮的露珠』附近，那我會更感謝。」
「你們真的要去？」
「要。」
紫苑回答：
「不去不行，因為可以阻止愛莉烏莉亞斯的人只有老鼠。」
「別給我戴高帽子，現在完全不知道我的歌聲是否有用。」
「你的歌聲一定有用，就連我們被卡車運送去監獄途中，車上的人們不也渴望聆聽你的歌聲嗎？」

力河大動作地轉了下手臂，充血的眼睛不停眨眼。

「為什麼，伊夫？你不是決定好要在觀眾席觀看嗎？不是說好要笑著看NO.6走上絕路嗎？」

「我原本是那麼打算，不過『演員氣質』這種東西是與生俱來的，似乎不站上舞台、接受燈光洗禮，我就無法忍受，看來我不適合觀眾席。」

「說那什麼話？裝模作樣。認真點回答。你不是憎恨NO.6嗎？那麼，笑著冷眼旁觀不就好了？」

老鼠的表情在瞬間變了，看起來不像作戲。

「如果可以，我也想那麼做。不過，老說過，牆壁內側的孩子們有什麼罪？如果袖手旁觀，眼睜睜看著孩子們死，那跟下手屠殺的人一樣。」

老鼠嘆了一口氣，臉上的表情不再帶有感情。

「大叔，我憎恨NO.6，等不及要看它瓦解。除了這個之外，我別無所求，為了這個目的，就算這雙手沾滿血腥，我也在所不惜，直到現在，我還是只有這個念頭。可是，只有殺害孩子這件事我不願意做。我是麻歐大屠殺的倖存者，所以我

不願意成為屠殺者這邊的人，我不想變成跟NO．6一模一樣。」

力河沉默了。他跟老鼠一樣嘆了口氣，接著拿出車鑰匙，問：

「借狗人，你呢？」

「去啊！有什麼辦法，我也有寶寶，可以理解老鼠說的話。呵，我居然會發自內心同意老鼠的話，看來我也被同化了。」

「啊，借狗人，你說的寶寶是不是我託付給你的……」

「閉嘴，那是我的寶寶，跟你一點關係也沒有。受不了，居然現在才想起來，有夠冷血。現在就算你下跪求我讓你見他一面，我也絕對不會答應。」

借狗人將剩下的食物全都收集起來，朝著紫苑吐出長長的舌頭。

「月亮的露珠」周邊的混亂情形已經達到極端，軍方對著聚集的群眾開槍掃射，死者愈來愈多。不過士兵中也有幾人倒下，在轉眼間衰弱成老人，氣絕身亡。恐懼的悲鳴在士兵們之間響起。長官拔槍從後方射殺丟掉槍、爭先恐後要逃竄的士兵。

「服從命令，阻止暴徒，驅散他們。」

「不要，我們也愛惜生命。」

「不准逃，逃離前線是死罪。」

大聲吶喊的長官仰天倒下。他的額頭噴出血，不知道是被流彈擊中還是被人射殺。士兵們用軍靴踩過他尚有些微痙攣的身體，想要逃走。

群眾擠進了「月亮的露珠」裡。

另一方面，各關卡接連爆炸，起火燃燒，特殊合金的牆壁出現龜裂，開始崩塌。至於監獄設施則是冒著黑煙，已經半毀。

這些狀況都一一在設置於廣場的大型螢幕上播放。

「紫苑，那是怎麼回事？為什麼會播放那種東西？NO.6故意讓大家看見它的末路嗎？」

借狗人顫抖地問。

「那應該是各地裝設的監視攝影機拍到的影像……如果沒猜錯，那是原本應該傳送到治安局管理室內的螢幕上的影像。這些會被傳送到大眾用的螢幕，表示電腦的控制機能已經完全失控了。」

「那麼，果然是……」

「嗯，是啊，能夠讓NO.6的控制機能失控的只有她。」

呵，呵，呵。

呵，呵，呵。

傳來輕快的笑聲。

穿過了人們的吶喊聲、腳步聲、悲鳴、激烈敲響什麼的噪音等各種聲音，傳到這邊來。

呵，呵，呵。

呵，呵，呵。

她在笑。

她笑著毀滅NO.6。

「老鼠，你能唱歌嗎？」

「在這裡……沒辦法。人群過於密集，以我現在的身體狀況，氣會不足。」

老鼠滲著汗水的臉望向夜空。

「她在笑。」

他喃喃地說。

「你聽得到？」

「嗯，聽得到，她笑得很開心。以為自己是這個世界統治者的人類，這麼簡簡單單就自行毀滅，這讓她覺得很愉快。」

「這是她給傲慢的人類的懲罰嗎？」

「或許該說是命運，NO.6注定會有這樣的命運，異常膨脹的氣球總有一天會爆破，說不定她只不過是將注定好的命運齒輪稍微撥快一點而已。」

呵，呵，呵。

呵，呵，呵。

一名男子抱著五歲大的男孩從紫苑身旁走過。

「救命，救命啊！」

他一邊哭，一邊嚷嚷著。

「老鼠，去『月亮的露珠』最頂樓。」

「市長室嗎？」

「對，如果從那裡唱，歌聲必定能響徹廣場。不光是愛莉烏莉亞斯，所有人都會聽到你的歌。」

「歌聲無法收拾混亂。」

「絕對比槍有效。」

他們順著人潮走入了「月亮的露珠」。

「市長在哪裡？叫市長出來！」

「NO.6完了，已經完了。」

「牆壁塌了，關卡也被破壞了。」

「交出疫苗，市長，市——」

突然，一名男子衝上樓梯。

他拿著擴音器，在轉角空曠處大聲地說：

「各位，是我，我就是呼籲大家為了解放要站出來的楊眠。」

響起一陣騷動聲。

「楊眠，是楊眠。」

「沒錯，各位，我剛才被治安部隊襲擊，差點被他們殺了。可是，我現在正站在各位面前，為了親手完成NO.6的重生，我不會死，我是不死之身。」

騷動聲更加擴大，群眾朝著男子的方向舉起拳頭，呼喊著說：

「楊眠，楊眠，我們的英雄！」

「各位，NO.6即將崩毀，就剩下最後一口氣了，我們要推翻NO.6，大家同心協力在這裡再創一個新的理想城市，這次，我們一定要親手再創一個光輝的世界。」

「對，沒錯！沒錯！」

「楊眠，萬歲！新NO.6，萬歲！」

「各位，現在我們要把市長他們抓到這裡來，審判他們、處死他們，當作邁向新世界的第一步。」

呼應聲四起，形成一股喧嚷。

震動了空氣。

「不對！」

紫苑衝上樓梯，站在楊眠身旁說：

「那樣不對，錯了。」

楊眠瞪大了眼睛，咬牙切齒。

「各位，這裡並沒有疫苗，現在發生的怪象也不是疫苗就能收拾的事情。」

「喂，你！」

「我活下來了。」

紫苑脫掉上衣，露出一道紅色疤痕。

「這就是我倖存的證據。各位，請再給我們一點時間，再給我們十分鐘就好。相信我們，我們一定會解決問題。我存活下來了，各位一定也能存活下來，為此，請給我們時間。」

「該怎麼辦？」

人群裡傳來怯怯的聲音問，是女性的聲音。

「我們該怎麼辦？」

「請等待，請再等一下，然後一切會解決，再也不會有人死掉。」

他說要我們等耶！

等待嗎？

再等十分鐘而已。

一切會解決，再也不會有人死掉。

彷彿風吹拂湖面漾起水波，細碎的聲音慢慢擴散，然後開始有人當場坐下，廣場上的群眾也抱膝蹲下。

「謝謝大家。」

紫苑對抓著擴音器呆立在原地的男人說：

「你也一樣，楊眠，請在這裡等。」

楊眠不發一語。

「我先上去了。」

老鼠從紫苑背後跑過去。

「你究竟……」

楊眠凝視著紫苑，喃喃自語。

市長室前空無一人，連守衛的士兵也早已逃走了。過去這裡是NO.6裡面最舒適、最安全的地方，如今卻變成最危險的區域。

紫苑敲門。

「進來。」

沉著冷靜的聲音從門旁的對講機傳來。

門無聲地往旁邊滑開。

室內寧靜、溫暖而豪華。

市長就站在牆壁邊的大型公務桌前，比想像中矮小，而且年輕。

這個人……

就是NO.6的統治者嗎？

市長身邊有張皮沙發，一名男子坐在沙發角落，他身穿白袍，脖子以奇妙的姿勢彎曲，兩隻手無力地垂下，一動也不動。他的頭髮在轉眼間變白，牙齒從已經停止呼吸的嘴裡掉落，滾落地面。

「啊……」

男人的頸部靠身體的地方停著一隻蜂，觸角不停地揮動著。

「才剛生出來的。」

市長喃喃地說，彷彿小心翼翼不吵醒剛入睡的孩子一般的口吻。

「沒想到他的體內也有，最驚訝的人是他自己，最後在驚訝中死去。『怎麼會這樣？』」

市長微笑。

「那是他最後的遺言。『怎麼會這樣？』呵呵，幾十年沒從他的嘴裡聽到這種話了，因為他深信這個世界上發生的所有事都能用科學解釋。」

「市長，請開窗，我們要借用陽台。」

「你們想做什麼？」

「跟愛莉烏莉亞斯對話，我們一定要見到她。」

「你們知道愛莉烏莉亞斯？」

「對。」

市長的目光從紫苑轉向老鼠。

「窗嗎……」

他喃喃自語，隨即按下桌上的按鈕。

窗戶緩緩往外推開。

「老鼠。」

「嗯。」

老鼠走出陽台。風飛揚，吹亂了老鼠的頭髮。

歌聲響起。

風攫取靈魂，人掠奪心靈。
大地呀，風雨呀，天呀，光呀。
請全都停留在這裡。
務必全都留在這裡。
活在這裡。
靈魂呀，心靈呀，愛呀，情感呀。
全都回到這裡。
留在這裡。

歌聲乘風傳到廣場，不，似乎傳到了NO.6的每一個角落。人們蹲在原地，著迷地聆聽著。

真的是攫取靈魂，掠奪心靈的聲音。

沙布。

紫苑對少女說。

再一次，請再一次幫助我，把這個歌聲傳達給愛莉烏莉亞斯。

沙布，請幫助我。

風攫取靈魂，人掠奪心靈。

但是，我還是留在這裡。

繼續唱歌。

懇求。

傳遞我的歌聲。

懇求。

接受我的歌聲。

沙布。

風愈來愈強。

老鼠搖搖晃晃。

「啊！」

借狗人呆立在原地，動也不動。

「那、那是什麼？」

金色的光輪出現在老鼠正前方的天際。

光輪縮小，變成刺眼的光芒。

光晃動，再晃動。

漸漸形成了蜂的樣子。

好久不見了，「歌者」。

「是啊，好久不見。」

老鼠回頭，催促著紫苑。

過來這裡。

紫苑走出陽台，站在老鼠旁邊。擠滿廣場的群眾動作一致地抬頭仰望。

「愛莉烏莉亞斯，介意我這樣稱呼妳嗎？」

隨便，人類取的名字對我毫無意義。

「愛莉烏莉亞斯，我要請求妳，請求妳再給我們一次，最後一次機會。」

傳來振翅聲。

四隻透明的翅膀閃閃發亮，發出振翅聲。

「請妳不要放棄人類，再一次，請再給我們最後一次機會，愛莉烏莉亞斯。」

愚蠢卑劣的生物。

只會欺瞞的傲慢生物。

你要我相信？

「有人墮落，有人充滿理想；有人攀附權力，有人只是跟隨。可是也有人滿

懷抱負，為了別人而活，努力對抗自己的愚蠢卑劣、欺瞞、傲慢。愛莉烏莉亞斯，拜託妳，請妳再相信我們最後一次。」

「歌者」，你同意嗎？

老鼠輕輕點頭。

「森林子民」相信NO.6的居民嗎？

「我不相信NO.6的居民，我相信的只有這小子。不……不對，我並不相信，我只是……」

只是？

「想看。我想看紫苑的未來，想知道他會在NO.6的瓦礫上創造什麼。我想

親眼看看，他創造出的是什麼。」

你說「想看」？

「神啊，『森林之神』啊！妳也不是萬能，無法看穿一切。妳應該無法預測他能否建造出與NO.6完全不同的未來，或是會不會重蹈NO.6的覆轍吧？如果是這樣，那不是很有趣嗎？看看人類這種生物究竟會墮落到何種地步？怎麼樣才會打消念頭？不也是一種樂趣嗎？我想，光用NO.6這種程度的東西就想看穿人類，似乎有些操之過急。」

當年那個小男孩，如今講話已經如此傲慢了。

「人會長大，無論是好是壞。」

「歌者」，你甘心如此嗎？不再憎恨NO.6了嗎？

「已經沒有NO.6了，被妳毀了。如果這裡再度出現NO.6，我會用全心憎恨，傾全力挑戰。」

愛莉烏莉亞斯左右揮動觸角，金色的粉末撒落。

紫苑。

「是。」

沙布託我傳話。

她說，一切託付給你了。

託付給你。

醫生臨終前告訴他的，也是同一句話。紫苑握緊拳頭，點頭回答：

「請妳告訴沙布，我收到了。還有請告訴她，我這一輩子，只要還活著，一定不會忘記她。」

好的。

再會。

「愛莉烏莉亞斯，請等一下，請讓我們……」

只有一次，最後一次機會，紫苑。

金色的光消失。

風也靜止了。

紫苑回到屋內，跌坐在地毯上。

「終於，都結束。」

「結束？是開始啊～紫苑，接下來是你的戰爭要開始了，不折不扣的艱難戰爭。」

「老鼠……」

「你要在這裡建造一個怎樣的世界來取代NO.6？你有辦法創造一個不是戴著理想假面的寄生都市，而是真正的城市，人類可以抬頭挺胸活下去的城市嗎？你的戰爭才剛開始啊～紫苑，已經結束的人不是你……」

老鼠回頭，凝視著市長。

「我知道。」

市長坐了下來，靜靜地閉上眼睛說：

「你們能不能出去？我想一個人靜一靜。」

「一個人思考今後的去路嗎？市長。」

力河以低沉含糊的聲音問。

「去路已經決定好了，我會自己收拾自己。所以，請出去。」

「走吧！無論是誰，都應該滿足他最後的願望。」

老鼠邁開腳步。

「感謝。」

市長微微舉起手。

門關上。

幾乎在同一時間響起槍聲。力河輕輕搖頭。

紫苑口袋裡的哈姆雷特發出鳴叫聲。

吱吱吱！

碧空如洗。

北區的小山丘上，晴空萬里。

「天氣真好，非常適合旅行。」

老鼠壓住被風吹亂的頭髮。

「紫苑，到這裡就好，你沒必要送我。」

「……你一定要走嗎？」

「對。」

「什麼時候回來？」

「回來？我沒有可以回去的地方。」

「老鼠，我……我不能同行嗎？」

「你跟我不一樣，我適合流浪，你必須停留。就是這樣。性質不同的人是無法在一起生活的，這點你應該很清楚。」

老鼠俯瞰眼前的風景。

那裡是過去被稱為ＮＯ.６的都市。從這裡看過去，似乎什麼也沒改變。

「紫苑。」

「什麼事？」

「你在哭嗎？」

「我沒哭……我又不是女孩子……」

「我很怕你。」

「啊？」

「你內心裡究竟有什麼，我完全捉摸不到。你是一團謎。你有力量可以在『月亮的露珠』瞬間抓住市民的心，也會像個女孩子一樣熱淚盈眶。可以非常冷酷、勇敢、高潔，我想這就是你這個人吧！我不懂，所以我害怕。我想看你這個人將來會變成怎樣……對了，也許我會為了看你的變化，再次造訪此地也說不定。你媽媽烘焙的瑪芬也很吸引人。雖然一見面她就抱住我，嚇了我一大跳。」

「老鼠。」

紫苑抓住老鼠的手。

他想他的忍耐已經到了極限。

「請你不要走，老鼠，請留在我身邊，我希望你留在我身邊，這是我唯一的願望。」

「不可能。」

「為什麼？」

「你要我講幾次呢？你有必須留在這裡完成的工作。」

「可以交給別人。」

「不能藉由別人的手，紫苑，你必須親自完成。你忘了跟沙布的約定了嗎？那名醫生託付給你的遺言要怎麼辦？是你自己說收下的。紫苑……不要逃避，這裡有你必須站起來完成的工作，你不能當作沒這回事。」

紫苑低頭。

抓住老鼠手臂的手指更加使勁。

我知道，我懂，可是……

「對我而言，沒有你的世界沒有任何意義，老鼠，沒有任何意義啊！」

下巴被手指抬高。

用力被抬起來。

深灰色的眼眸就在眼前。

「真是講不聽的孩子，都幾歲了。」

宛若女性的聲音帶著笑意說。

「老鼠，我是說真的……」

唇貼了上來。

熱情、溫柔而激烈的吻。

「這是……道別之吻嗎？」

「是誓言之吻。」

老鼠微笑。

「我們必再相見，紫苑。」

老鼠轉身。哈姆雷特和克拉巴特跳上他的肩膀，輕聲鳴叫。

吱吱吱，吱吱吱。

風吹來。

雲飄動。

老鼠的背影漸漸遠去。

一次也沒有回頭。

「老鼠。」

我還是不知道你的名字。

沒關係，不知道也無妨。

對紫苑而言，老鼠就是老鼠，是無人可取代、唯一的對象。

老鼠，我會等你。

無論過了多少年，無論我幾歲，我會在這裡一直等待著你。

流浪之人與停留之人，終有一天一定會交會，到那時候，我絕對不會沉默地看著你走。

老鼠，我等你。

風吹動。

光照射。

照著紫苑，照著即將重生的都市，照著老鼠的殘影。

光照射著，溫暖地籠罩著一切。

尾聲

「老鼠，這本書是？」

「莎士比亞的《馬克白》。」

「這裡的書全都是古典文學嗎？」

（摘自《NO.6》第一集）

收到了借狗人的信。

久違的信。

紫苑，近來好嗎？

我們這邊還是這樣。力河大叔因為牆壁塌了，可以自由來去，心情非常好，因為可以去找你媽媽。你可得小心點，人生永遠無法預料會發生什麼事，萬一大叔變成你繼父，那可是一大悲劇。

前不久，你媽媽送來了蘋果派和圓麵包，說是要給我跟我的小紫苑。天啊！好吃到讓我簡直不敢相信，替我謝謝你媽媽。小紫苑快三歲了（應該吧，因為我不知道他的生日）。

下次休假時，能不能來幫我洗狗？我聽說你現在是都市「重建委員會」的委員，我知道這種事不好拜託這麼厲害的人，可是我需要會洗狗的幫手。

不過，就算你變得再厲害，對我而言，你還是那個天生少一根筋的少爺就是了。

拜託。

狗

紫苑仔細地將紙張粗硬、字跡潦草的信摺好，收起來。

我當然會去，借狗人。

吱吱吱。

腳邊，月夜叫著。這隻小老鼠選擇留在紫苑身旁，雖然有點年紀了，不過仍舊健康、聰敏，火藍非常喜歡牠，晚上牠會睡在火藍床上。

信還有一封，來自一個意料之外的人物。

——那個人稱「毒蠍」、住在地底世界的男人。幾天前，一隻溝鼠送來的。

上面只有短短的感謝詞。

定居森林之事，託你幫忙，慢慢上了軌道。

無限感激。

監獄崩塌後，在老的命令下，地底世界的人從地底下逃脫，逃往森林。

請保證他們有安身立命之地。

紫苑將老送來的簡短要求傳達給重建委員會，得到將北邊森林的一部分讓渡給他們的許可。

就在過去森林子民居住的麻歐的一角。蒼鬱的森林守護著已經習慣黑暗的人們的眼睛，使他們免於受到絢爛光線的刺激。這是紫苑反覆思考後選擇的地方。

老留在地底下，跟幾名老人一起留在那裡，過完一生。

監獄遺跡現在是公園，借狗人說他常帶著小紫苑去那裡玩。

時光流逝。

一切都變了。

可是，卻無法遺忘。

紫苑站起來，走到窗邊。

他把窗戶整個打開。

來吧！老鼠。

就像那一夜一樣。

只有夾帶著嫩葉氣息的風吹來。

他會一直等下去。

NO．6

擁有此名的都市曾存在於這片土地上。

以集結人類睿智的理想都市國家的身分存在過。

日本熱門動畫！

#1

《野球少年》得獎名家的科幻冒險暢銷奇作！

NO.6，一個沒有犯罪、沒有災害，也沒有疾病的未來都市。在這裡，只要是天賦傑出的人就能擁有最佳的教育和生活，少年紫苑也是備受政府保護的菁英之一。然而，就在紫苑12歲生日這天，一個自稱「老鼠」的人物闖進了他的房間，讓他的生活從此徹底逆轉！逃亡、槍傷、血腥……老鼠生活的西區與NO.6相比，彷彿是地獄與天堂……

#2

兩個少年的命運，即將正式糾結！

「也許，救了他是一個錯誤！」老鼠看著眼前的紫苑，忍不住這麼想。這個從小生活在NO.6裡、過於天真的少年，像個未知的訪客，大剌剌地闖進了老鼠的世界。紫苑絲毫不了解自己身處在一個什麼樣的險境裡，在西區，他必須學著如何生存！老鼠知道，他和紫苑總有一天會站在敵對的立場，為了毀滅與捍衛NO.6這個看似天堂的寄生都市……！

#3

失去他，或為了他放棄生命？

紫苑終於能靠自己的力量在西區生存，他相信，所有的一切都會愈來愈好，包括改變老鼠對NO.6的看法。另一方面，火藍的紙條卻傳來了沙布被治安局抓走的噩耗，但老鼠卻無法告訴紫苑，因為他知道紫苑一定會奮不顧身地前往拯救沙布，甚至不惜豁出性命。可是，他害怕失去紫苑！原來，自己早已經不再是那個誰也不在乎的老鼠了……

#4

為了活下去，我們必須挺身迎戰！

傳聞中的「真人狩獵」真實上演了！舊式裝甲車將西區的市場夷為平地，士兵毫不留情地掃射，人們頓時陷入一片恐懼與絕望。紫苑這才知道，原來NO.6擁有軍隊！接在裝甲車之後，黑色的大型卡車無聲地出現，將活著的人全都塞進去，載往紫苑與老鼠打算一探究竟的監獄。紫苑知道自己必須撐下去，因為被關在監獄裡的沙布正危在旦夕……

國家圖書館出版品預行編目資料

未來都市NO.6 / 淺野敦子著 ;SIBYL,B熊,izumi圖；珂辰譯. -- 初版.-- 臺北市：皇冠, 2008.12- 冊；公分. -- (皇冠叢書；第3807種-) (YA！；011-)
譯自：NO.6 ナンバーシックス
ISBN 978-957-33-2463-8 (第1冊；平裝) --
ISBN 978-957-33-2494-2 (第2冊；平裝) --
ISBN 978-957-33-2523-9 (第3冊；平裝) --
ISBN 978-957-33-2557-4 (第4冊；平裝) --
ISBN 978-957-33-2595-6 (第5冊；平裝) --
ISBN 978-957-33-2643-4 (第6冊；平裝) --
ISBN 978-957-33-2683-0 (第7冊；平裝) --
ISBN 978-957-33-2725-7 (第8冊；平裝) --
ISBN 978-957-33-2861-2 (第9冊；平裝)

861.57 97015693

皇冠叢書第4233種
YA！045

未來都市NO.6⑨

No.6〔ナンバーシックス〕#9

作　　者—淺野敦子
插　　畫—izumi
譯　　者—珂辰
發 行 人—平雲
出版發行—皇冠文化出版有限公司
台北市敦化北路120巷50號
電話◎02-27168888
郵撥帳號◎15261516號
皇冠出版社(香港)有限公司
香港上環文咸東街50號寶恒商業中心
23樓2301-3室
電話◎2529-1778　傳真◎2527-0904
責任主編—盧春旭
責任編輯—丁慧瑋
美術設計—許惠芳
著作完成日期—2011年
初版一刷日期—2012年7月

法律顧問—王惠光律師
有著作權・翻印必究
如有破損或裝訂錯誤，請寄回本社更換
讀者服務傳真專線◎02-27150507
電腦編號◎515045
ISBN◎978-957-33-2861-2
Printed in Taiwan
本書特價◎新台幣199元/港幣67元